Dirk Pope
Still!

Dirk Pope

Still!

Carl Hanser Verlag

Für Aisling, Cian und Fionn

 HANSER hey! Schau vorbei und
teile dein Leseglück auf Instagram

2. Auflage 2020

ISBN 978-3-446-26816-6
© 2020 Carl Hanser Verlag GmbH & Co. KG, München
Umschlag: Enrico Pellegrino, Wiesbaden
unter Verwendung verschiedener Motive:
© plainpicture Mia Takahara – aus der Kollektion Rauschen,
© DEEPOL by plainpicture
Satz: Satz für Satz, Wangen im Allgäu
Bildmotive Zwischentitel und Überschriften: Enrico Pellegrino
Druck und Bindung: CPI books GmbH, Leck
Printed in Germany

But Mariella just crossed her arms and she walked up the stairs
And she went into her bedroom and she sat on her bed
And she looked in the mirror and she thought to herself
»If I wanna play, I can play with me,
If I wanna think, I'll think in my head.«

Kate Nash

Lesen zwingt dich zum Stillsein in einer Welt,
die der Stille keinen Platz mehr einräumt.

John Green

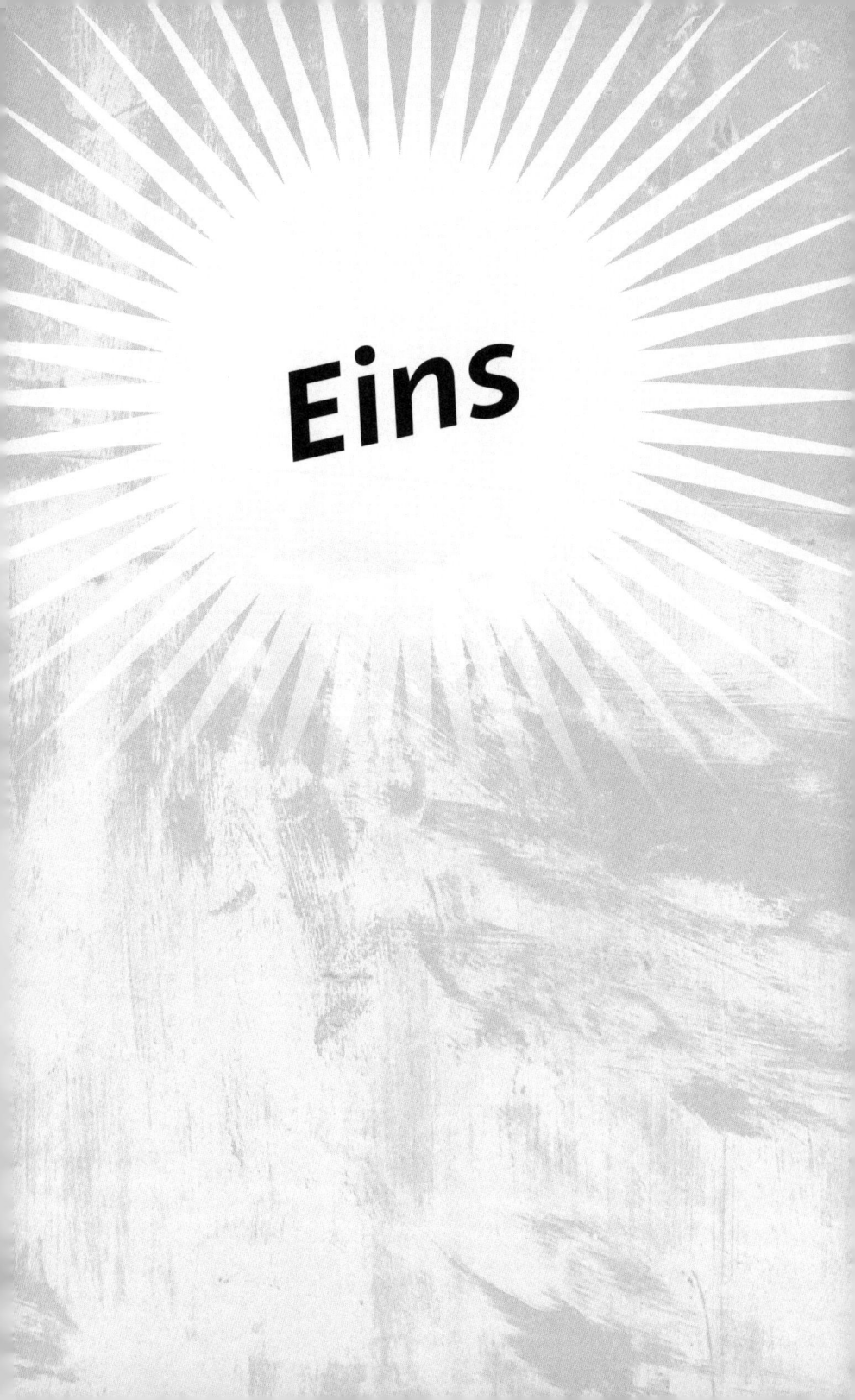

Eins

Unter-Ober

Manche sagen, ich rede nicht viel.

Allein das ist ein Beleg dafür, dass einige Leute zu viel reden.

Dabei sind mir Worte oder Wörter nicht gleichgültig, im Gegenteil.

Worte oder Wörter.

Wie bildet man den Plural von Wort? Wörter haben keine Bedeutung, nicht unbedingt. Worte dagegen schon. *Ein Mann, ein Wort. Eine Frau, viele Wörter.*

Ich bin eine Frau, zumindest fühle ich mich so, auch wenn ich noch nicht volljährig bin. Und wer sich diesen Spruch ausgedacht hat, hat keine Ahnung. Oder redet zu viel daher.

Vielleicht haben selbst Worte keine Bedeutung. Hohle Worte. Große Worte, die am Ende gebrochen werden. Die Geschichte ist voll davon. Und ich glaube kaum, dass es in der Mehrheit Frauen waren, die groß dahergeredet haben, um am Ende nicht das zu halten, was sie vorher versprochen hatten.

Das erklärt aber immer noch nicht, warum ich es vorziehe, lieber still danebenzusitzen, als selbst etwas zu sagen. Ich rede nicht viel. Genauer gesagt: Ich rede überhaupt nicht mehr. Weder mit meiner

Mutter oder meinem Vater noch mit anderen Leuten. Klassenkameraden. Freundinnen oder Freunde, die ich nicht wirklich habe. Schon früher war ich recht einsilbig. Ja. Nein. Gut. Schlecht.

Auf. Wie. Der. Seh'n.

Reden, um sich zu verständigen. Nicht mehr als absolut notwendig. Mittlerweile ist mir selbst eine einzige Silbe zu viel. Das hat auch mit meinen Eltern zu tun. Oder mit dem, was davon übrig geblieben ist. Ein letzter Rest, mit dem es nichts zu reden gibt. Und längst bin ich der Knoten in der Zunge, der erste und letzte Buchstabe jedes Schweigegelübdes, die Meisterin des Stillseins, stiller als die schwärzeste Nacht, als der tiefste Ozean.

Meine Mutter macht so etwas wahnsinnig.

»Mariella«, sagt sie dann, »jetzt sag doch was! Was hab' ich dir getan, dass du nicht mit mir redest? Himmel herrje. Das ist so krank!«

Sie sagt nicht, dass ich krank sei. Nur, dass *das* krank sei. Trotzdem hat sie mich gezwungen, mit ihr zum Arzt zu gehen. Gern hätte ich ihr den Unterschied erklärt. Dafür hätte ich aber reden müssen, und das wollte ich natürlich nicht.

✳

Seit fast einem Jahr leben wir hier in dieser Kleinstadt.

In Unter-Ober.

Ortschaften, die drohen groß zu werden, schneidet man in der Mitte durch und verpasst ihnen ein Unter oder ein Ober. Unterhaching, Oberhaching, Untertürkheim, Obertürkheim, Unterliederbach, Oberliederbach. Und so weiter.

Das Gleiche muss auch hier passiert sein, obwohl es vermutlich nie viel zum Durchschneiden gab. Alles ist halb groß, mittelklein. Die Wohnsiedlungen, die Straßen mit Ampeln oder Kreisverkehren, die Fußgängerzone, das Fachwerk, die Geschäfte, die Eckkneipen, die Straßenlaternen, die Abwasserkanäle, das Fallobst, die Friedhöfe. Die Gewaltverbrechen.

Angeblich haben Kleinstädte den Vorteil, dass alles überschaubar und schnell zu erreichen ist. Mir kommt es allerdings so vor, als lebte man auf der Spanplatte einer Modelleisenbahn, nur in echt. Bis zum Fluss sind es zwei Minuten, zum Kirchplatz vier, zum alten Bahnhof sechs, zur Sparkasse acht und zur Schule zehn Minuten. Alles liegt mehr oder weniger auf einer Strecke. Im Zweiminutentakt, je nach Schrittgeschwindigkeit.

Geht man von uns aus in die andere Richtung, kommen ziemlich bald Wiesen und Felder. Äcker. Ein kleiner Weiher. Ein Kleinstadtwald.

Selbst die Menschen hier kommen einem kleiner vor. Ihre Eigenheiten, ihre Klein- und Kleinstkariertheiten. Das Einzige, was an ihnen größer ist, sind ihre Autos. Zum einen haben die Menschen hier mehr Platz dafür, zum anderen müssen sie das kompensieren, was ihnen an den Großstadtmenschen größer erscheint. So weit meine Theorie.

Warum meine Mutter mit mir in diesen Ort gezogen ist, kann ich noch immer nicht verstehen. Zusammen mit meinem Vater hatten wir in einer richtigen Stadt gelebt, in der sogar Straßenbahnen und U-Bahnen fuhren und in der es mehr als ein Kino gab.

Nach der Trennung kamen wir hierher. Wahrscheinlich, weil meine Mutter selbst aus einer ähnlich klein geschnittenen Stadt kam und sich nach so etwas wie Geborgenheit sehnte.

Ich frage mich aber, ob das stimmt und man sich in Kleinstädten wirklich geborgener fühlen kann.

Ich selbst fühle mich nur stärker beobachtet.

✳

Der Arzt, zu dem mich meine Mutter dann brachte, hieß Baumann. Dr. Baumann. Er war Hausarzt, und er war mir von Anfang an sympathisch. Vielleicht mochte ich ihn gerade deshalb, weil ich schon diese Bezeichnung großartig finde. Ich weiß, es gibt noch viele andere Arten von Ärzten.

Hirnchirurgen, Kardiologen, Hals-Nasen-Ohrenärzte zum Beispiel.

Aber Ärzte, die sich primär um Häuser kümmern, sind mir die liebsten, denn wenn man mit Häusern spricht, bekommt man in der Regel auch keine Antwort.

Hausarzt. Häuserarzt. Reihenhausarzt. Hochhausarzt.

Natürlich ist das Quatsch, doch allein aus diesem Grund musste mich Dr. Baumann verstehen.

Genauso war es dann.

Dr. Baumann hatte graue, fast weiße Haare und eine runde Brille, die er nach jedem Satz, den er sprach, wieder nach oben schieben musste, weil sie ihm ständig von der Nase zu rutschen drohte. Er schaute mir in den Mund, klopfte mich ab, und am Ende musste ich mich auf eine Waage stellen.

Kopf drei Kilo. Arme und Beine 14. Rumpf 28. Zusammengesetzt wog ich rund 45 Kilo.

Dr. Baumann nickte zufrieden und wandte sich an meine Mutter.

Er: »Isst sie denn normal?«

Sie: »Das möchte ich von Ihnen wissen!«

Er: »Ich meine, nimmt sie regelmäßig Essen zu sich?«

Sie: »Ja, macht sie. Sie isst. Nicht viel, aber sie isst.«

Er: »Und sie schläft normal, geht zur Schule? Hat sie sonst irgendwelche Auffälligkeiten?«

Sie: »Nein, nichts Besonderes. Sie spricht nur nicht.«

Er: »Frau Blum, so wie ich die Sache einschätze, ist das alles recht normal. Das ist einfach die Pubertät. Doch wenn Sie wollen, kann ich Sie gerne an einen Spezialisten überweisen.«

Meine Mutter sagte, dass sie vielleicht darauf zurückkommen werde, und wir verabschiedeten uns.

»Machen Sie sich keine Sorgen«, beteuerte er noch einmal, als wir schon fast draußen waren. »Wer nicht redet, ist ein guter Zuhörer. Und das ist ohnehin die bessere Sorte Mensch.«

✳

Die bessere Sorte Mensch.

Ich kenne Obst- und Gemüsesorten. Teesorten. Wurst- und Käsesorten. Eissorten. Aber welche Sorten von Menschen gibt es? Ich glaube kaum, dass Dr. Baumann von Rassen gesprochen hatte, dafür war er viel zu nett.

Wahrscheinlich meinte er das Verhalten, den Charakter von Menschen. Die erfolgreichen, die leistungsstarken, die schönen, die sportlichen, die jammernden, die jämmerlichen. Diejenigen, die breitbeinig rumtrampeln, um möglichst große Fußstapfen zu hinterlassen. Und die, die wie Federn lautlos über den Sand schweben und alle Spuren verwischen.

Ich glaube, zu dieser Sorte Mensch gehöre ich.

Dabei kann ich gar nicht sagen, dass ich deshalb gut zuhören kann. Oder besser als andere.

Rein theoretisch müsste Dr. Baumann recht haben. Wer nicht selbst lautstark mittut, kann sich viel besser auf die Zwischentöne konzentrieren. Tatsächlich ist es aber so, dass mich das alles nicht interessiert und ich ganz schnell auf Durchzug schalte. Ich bin niemand, der andere durch sein Zuhören inspiriert. Mir sind Menschen eher egal. Nicht vollkommen egal, nur egal. Das ist ein Unterschied, und ich meine das weder abfällig noch aus irgendeiner Arroganz heraus. Schließlich haben wir ja auch mit denen zu tun, mit denen wir nichts zu tun haben. Über Straßennetze, Telefonleitungen, Sozialsysteme.

Das darf man nicht außer Acht lassen.

Trotzdem, rein statistisch gesehen lernen wir nicht einmal annähernd ein Prozent der Weltbevölkerung kennen. In meinem Fall noch viel, viel weniger. Und da verlange ich nicht von den anderen 99,9999999 Prozent, dass sie irgendein Mitgefühl für mich aufbringen.

Umgekehrt soll es bitte genauso sein.

✳

Meine Mutter sagt immer, ich lebe in einer eigenen kleinen Welt.

Ich mag den Gedanken, auch wenn meine Mutter damit nur erreichen will, mich zurück in ihre andere, große Welt zu holen.

Das allerdings erscheint mir weitestgehend unmöglich. Meine Welt ist in meinem Kopf, und da lasse ich niemanden rein. Etwas anderes geht auch gar nicht. Denn dass sich die Synapsen zweier Menschen miteinander verbinden, ist ja eher ungewöhnlich. Außer vielleicht bei siamesischen Zwillingen.

In Biologie hatten wir einmal den Aufbau des Gehirns, und komischerweise scheint das gesamte Gehirn aus irgendwelchen Lappen zu bestehen. Frontallappen, Temporallappen, Parietallappen. Großhirnlappen. Kleinhirnlappen. Rechte Gehirnlappenhälfte, linke Gehirnlappenhälfte.

Ein Lappen zum Erinnern, zwei zum Vergessen, drei zum Lachen. Vier, um Tränen zu vergießen.

Einige Lappenregionen liegen bei mir größtenteils brach, fürchte ich. Der Lappen für Mathematik ziemlich, der für Physik und Chemie ganz sicher. Einmal gut durchgewischt, und weg ist alles, was vielleicht mal da war.

Dafür ist mein Sprach- und Wortlappen bedruckt mit hundert Millionen Wörtern, Buchstaben, Sätzen, Satzzeichen. In Prosa oder Versform. Knallbunt und schwarzweiß gestreift. Unauslöschlich.

Wahrscheinlich überlappt er alles, was in anderen Lappenregionen jämmerlich verkümmern musste.

Ich habe einmal über diese 10-Prozent-Theorie gelesen. Demnach nutzt der Mensch nur ein Zehntel seines Gehirnpotenzials. Das heißt, dass 90 Prozent ungenutzt bleiben. Ob das so richtig ist, kann ich nicht abschließend beurteilen. Mir gefällt nur die Vorstellung, dass sich in meinem Kopf eine riesige Lagerhalle befindet, in der mittendrin ein Lampion hängt, in dem ein Licht brennt. So hell wie eine kleine Sonne.

✳

Wer nicht redet, hat nichts zu sagen.

Sagt man.

Vielleicht stimmt das wirklich.

Vielleicht ist es mir nur einfach zuwider, zu reden, ohne etwas zu sagen.

Ganz früher war ich laut. Einsilbig, aber normal laut. So wie andere Kinder, die mit wiederum anderen Kindern schreiend durch die Gegend laufen. Das ist für viele Menschen ein Gräuel. Damals lebten wir in einer Gegend, die voll war von lärmenden, brüllenden, kreischenden, weinenden Kindern. Und ebenso voll von Erwachsenen, die diesen Lärm nicht länger ertragen konnten.

Sagten sie zumindest.

Hinzu kamen die permanenten Vorwürfe und Ermahnungen, nicht vorlaut zu erscheinen und still zu sein, wenn sich andere unterhielten oder es einfach nicht passend war. Zu Hause, wenn Besuch da war. Im Museum. In der Bibliothek. In der Kirche. In der Schule.

Das habe ich verinnerlicht und perfektioniert. Das ist allerdings nicht die ganze Wahrheit. Ich glaube, je lauter es zu Hause wurde, umso leiser wurde ich. Und seit dem Umzug hierher rede ich überhaupt nicht mehr. Am liebsten hätte ich mich mit getrennt, aber das ging natürlich nicht. Eine Entscheidung, bei der ich nichts mitzureden hatte. Wenn sich Eltern trennen, trennen sich nur die Erwachsenen, nicht ihre noch nicht volljährigen Kinder. Sie müssen bei einem Elternteil bleiben, Vater oder Mutter. Wie ein Anhang, ein Appendix. Ein Wurmfortsatz.

Wer nicht gefragt wird, braucht auch nicht zu antworten. Eine einfache Formel, die meine Mutter bis heute nicht verstanden hat. Weder meine Mutter noch irgendjemand sonst.

Ich rede überhaupt nicht mehr.

Selbst in der Schule bin ich längst so still, dass man mich nicht einmal wahrnimmt, wenn ich meine Sachen ein- oder auspacke. Den Lehrern war das anfangs egal. Natürlich wollten sie, dass man sich im Unterricht beteiligt. Ihnen waren aber die stillen Schüler tausendmal lieber als die lauten. Und mit denen hatten sie genug zu tun. Insofern reichte es ihnen, wenn ich ab und an höflich nickte und so tat, als interessierte ich mich für ihren Unterricht. Mittlerweile hat sich das etwas verändert. Denn einigen Lehrern scheint es nicht mehr gleichgültig zu sein, und sie zwingen mich, mit ihnen zu reden. Bislang ohne Erfolg, doch wie lange noch?

Dabei habe ich durchaus eine schöne Stimme. Ich kann sogar ganz gut singen, wenngleich ich das seit Jahren nicht mehr getan habe. Ich glaube, meine Stimme ist recht hell. Und ich erinnere mich, dass ich früher besonders die hohen Töne getroffen habe, ohne schrill zu klingen. Oder wie ein Stück Blech. Daran erinnert sich auch meine Mutter. Wenn ich schon nicht redete, sagt sie dann, könnte ich ja wenigstens singen. Ein perfider Vorschlag, der nur auf eines abzielt: die Stille in unserem Zuhause erträglich zu machen.

✳

IfaS (Institut für angewandtes Schweigen): *Mariella, wir dürfen doch ›Sie‹ sagen?*

Ich: Selbstverständlich.

IfaS: *Mariella, Sie gelten als eine der international renommiertesten Expertinnen im Bereich der Wortlosigkeit. Wie kam es dazu?*

Ich: Wortlosigkeit ist prinzipiell der falsche Begriff. Ich gebrauche ja Wörter, eine Mehr-, Viel- und Unzahl sogar. Ich artikuliere sie nur nicht laut.

IfaS: *Verzeihen Sie die unpräzise Formulierung. Trotzdem, wie erklären Sie Ihr Schweigen?*

Ich: Nun, ich glaube, es wurde ganz einfach zu viel gesagt. Über die Tage, Jahre, Jahrhunderte. Geschwafel, Geplapper, Geschwätz. Es ist an der Zeit, einen Kontrapunkt zu setzen. Ein Zeichen, verstehen Sie?

IfaS: *Sicher. Allein dass wir uns darüber unterhalten, ist eigentlich eher widersprüchlich und nicht im Sinn der eigentlichen Idee, oder?*

Ich: Sie sagen es.

IfaS: *Dennoch, ist es eher die Lust am Schweigen oder die Unlust am Reden, die Sie antreibt?*

Ich: Ich denke, es ist beides gleichermaßen. Die Lust an der Unlust.

IfaS: *Können Sie sich vorstellen, dass sich das wieder ändert und Sie in absehbarer Zeit Ihr Schweigen brechen? Oder werden Sie für immer darauf verzichten?*

Ich: Nun, zunächst ist es ja kein Verzicht. Reden ist kein natürliches Grundbedürfnis wie essen oder schlafen. Auch wenn es manchem so vorkommt. Wer nicht redet, schadet weder sich noch seiner Umwelt. Im Gegenteil, viele Leute würden ihren Mitmenschen keinen größeren Gefallen tun, als einfach mal den Mund zu halten.

IfaS: *Meinen Sie damit jemand Speziellen? Ihre Lehrer? Oder Ihre Mutter, die Sie ja offensichtlich dazu bewegen will, wieder mit ihr zu reden?*

Ich: Müssen wir über meine Mutter sprechen?

IfaS: *Das entscheiden Sie ganz für sich selbst. Doch vielleicht ist es für Sie ja erst einmal einfacher, über sie zu reden als mit ihr, oder?*

Ich: Wie Sie meinen. Also, dann reden wir zunächst über sie.

Stummfische

Meine Mutter.

Eigentlich ist sie eine ganz normale Frau mit einem ganz normalen Mitteilungsdrang.

Vielleicht ist sie gleichzeitig aber auch eine Vielzahl ganz normaler Frauen. Oder Menschen.

Mit einer Vielzahl von Mitteilungsdrängen.

Sie ist die besorgt nachfragende Mutter, die Nachbarin von nebenan, der Tratsch im Supermarkt, die Endlosschleife einer Hotline-Nummer, die Frau im Navi, die noch nie ein eigenes Ziel erreicht hat, die Werbeunterbrechung zwischendurch, die Vor- und Nachrede. Der Senf, den man dazugibt.

Rein theoretisch müssten wir uns perfekt ergänzen. Doch sie kann mein Schweigen einfach nicht akzeptieren und versucht es mit immer neuen Methoden.

Wochenlang hat sie auf mich eingeredet.

Sie hat mir gedroht.

Sie hat mich angeschrien.

Sie ist in Tränen ausgebrochen.

Sie war mit mir beim Arzt.

Sie hat versucht, mit ihrem Schweigen mein eigenes Schweigen zu durchbrechen.

Ihr letzter Versuch entbehrt nicht einer gewissen Originalität.

Sie hat ein kleines Aquarium angeschafft, in dem zwei Goldfische schwimmen.

»Für dich, Mariella. Damit du etwas Gesellschaft hast«, hat sie gesagt und den Glaskasten in der Diele auf die Kommode gestellt. »Du magst doch Fische, oder? Früher hast du Fische immer gerne gemocht. Weißt du noch, als wir damals im Zoo waren und du nur Augen für die Delphine hattest? Die waren ja auch wirklich toll!«

Ich habe dann genickt und mich um ein Lächeln bemüht. Delphine sind eindeutig keine Fische, allerdings schwimmen sie im Wasser, und ich finde sie tatsächlich großartig. Weniger großartig war dagegen die Idee mit dem Aquarium und der damit verbundene Versuch meiner Mutter, mich zum Reden zu bringen. Die beiden Goldfische waren natürlich eine Art Metapher auf unser Zusammenleben in diesem Haus, mit der mich meine Mutter provozieren wollte. Zwei Stummfische, die eingesperrt auf engstem Raum den ganzen Tag aneinander vorbeischwimmen, ohne einen Ton zu sagen. Fast wäre ich darauf reingefallen. Ob die beiden Mutter und Tochter waren, habe ich bislang nicht herausbekommen.

✳

In dem Haus, in dem wir jetzt leben, ist alles schräg. Die Wände, die Türrahmen, der Fußboden. Als hätten sich alle Ecken und Kanten über die Jahre hinweg auseinandergelebt.

Es ist ein sehr kleines Haus mit einem kleinen Untergeschoss und einem winzigen Obergeschoss.

Ein Unter-Ober-Haus.

Und seitdem die Stummfische den ganzen Tag durch die Diele schwimmen, ist weniger Platz – für alles und jeden. Im Prinzip macht mir das nichts aus. Ich bin ohnehin lieber in meinem eigenen Zimmer. Es befindet sich direkt unter dem Dach, und man kann es nur über eine schmale Treppe erreichen, die selbst dann knarrt, wenn niemand drübersteigt. Unter einer der Dachschrägen steht mein Bett, schräg daneben ein Holztisch, der auch nicht ganz gerade steht, was entweder an einem der ungleichen Beine liegt oder an dem wellig gewordenen Laminat, weil die Treppe darunter ja permanent weiter nach oben wächst.

Mir gefällt das.

Ich liebe es, Dinge eben nicht gerade zu rücken, so wie es viele Leute gerne haben.

Das Leben ist keine Wasserwaage.

In dem Haus, in dem wir mit meinem Vater wohnten, stand oder lag immer alles akkurat zueinander. Die Stühle wurden in exakt gleichem Abstand unter den Esstisch geschoben. Im Regal waren die Bücher nach Größe geordnet. Alle Bilderrahmen hatten die gleiche Farbe, und meine Mutter achtete damals noch darauf, dass in der Obstschale gleich viele Äpfel, Birnen und Orangen lagen. Ein Musterhaus der Geometrie. Was habe ich es gehasst.

Wenn wir zusammen aßen, lag das Besteck im rechten Winkel zur Tischkante, bevor es spätestens beim Nachtisch durch den Raum geflogen ist – allerdings nicht kreuz und quer, nicht einmal das. Teller zersplitterten genau in ihrer Mitte. Und ich erinnere mich an ein Messer, das horizontal im Türrahmen stecken blieb. Im 90-Grad-Winkel.

Bei mir im Zimmer entscheidet jeder Gegenstand für sich, wo er liegen will. Es gibt keinen festen Lageplan, zumal sich die Koordinaten meiner Bücher, Zeitschriften, Stifte, Blöcke, Hosen, T-Shirts, Unterwäsche und Socken einem permanenten Wandel zu unterwerfen haben, um weiterhin interessant zu bleiben.

Ich liebe es, Dinge schräg zu platzieren.

Der Stapel ausgelesener Bücher liegt auf der Kante des Regals, das ich linksseitig auf einen umgedrehten Blumentopf gestellt habe, sodass es bei jeder Bewegung bedrohlich kippelt. Die Frage, die mich am meisten beschäftigt: ob nur die Bücher runterfallen. Oder ob sie gleich das ganze Regal mit in die Tiefe reißen.

✳

Socke: »*Die Fallhöhe ist jetzt schon immens.*«
Regal: »*Nicht auszudenken, was da noch alles passieren kann!*«
Hose: »*Mir ist das zu durcheinander.*«
Dr. Baumann: »*Diese Mariella, ist sie denn normal?*«
Bürste: »*Das wüssten wir gern von Ihnen!*«

✳

Ordnung ist das halbe Leben.
Unordnung die andere Hälfte.

✳

Ganz sauber ist das Zimmer nicht.

Ich glaube auch nicht, dass Sauberkeit allzu erstrebenswert ist.

Niemand würde sagen, dass so etwas wie eine saubere Wiese oder ein sauberer Wald existieren. Überall gibt es Erde, Blütenstaub, Äste, Moos, Moder, Pilze, Exkremente und Tierkadaver. Trotzdem halten sich alle gerne in der Natur auf und gehen stundenlang dort spazieren, um möglichst viel von diesem Schmutz abzubekommen.

Für mich ergibt das keinen Sinn. Denn sobald auch nur ein Absatz voll unter den Sohlen von draußen mit in die Wohnung kommt, gilt sie als verschmutzt. Im umgekehrten Fall darf man nichts von drinnen mit nach draußen nehmen, um die Umwelt nicht zu verschmutzen. Keinen Abfalleimer, keine Plastiktüte, keinen Staubsaugerbeutel, keinen alten Kühlschrank. Ich frage mich, wo da die Konsequenz ist. Vielleicht gibt es eine Ordnung des Schmutzes. Eine Schmutzhierarchie. Guten und bösen Schmutz, ich habe keine Ahnung.

Auf mein Zimmer bezogen komme ich damit nicht weiter. Wahrscheinlich ist es nicht gerade sauber, eher natürlich dreckig. Demnach stört es mich auch nicht, dass sich hinter dem Schreibtisch faustgroße Staubflocken gesammelt haben. In der Fensterscheibe spiegeln sich die Schlieren, und unter meinem Bett haben sich Spinnen eingenistet. Genauer gesagt sind es Zitterspinnen, die ziemlich lange Beine haben. Tatsächlich sind es sogar extrem lange Beine, vor denen man sich eigentlich ekeln müsste.

Ich selbst finde sie nicht eklig. Im Gegenteil. Zitterspinnen sind grundsätzlich harmlos, und sie können sich durch ihr schnelles Zittern in ihrem Netz unsichtbar machen.

Ich finde so etwas faszinierend.

Und genau das möchte ich auch können.

✳

Mein Vater rief an.
Alles sei ein großes Missverständnis.
Ich müsse ihn verstehen.
Ich könne jederzeit mit ihm sprechen.
Ich solle ihm nur etwas Zeit …
Ich hörte ihm so lange zu, bis er endlich auflegte.

✳

Manchmal liege ich auf dem Bett und zittere mit aller Kraft mit Armen und Beinen.

Es ist wahnsinnig anstrengend, sich unsichtbar zu machen.

Neulich hat mich meine Mutter dabei überrascht, und sie dachte, ich hätte so etwas wie einen epileptischen Anfall. Es muss ziemlich echt ausgesehen haben, denn sie hat sofort den Notarzt gerufen. Natürlich war das übertrieben, und das hätte ich meiner Mutter gerne mitgeteilt. Aber ich konnte ja schlecht mit ihr reden.

Ich ging zu ihr ins Wohnzimmer und wollte ihr durch meine bloße Anwesenheit zu verstehen geben, dass sie nicht gleich in Panik geraten musste. Mit dem Telefonhörer in der Hand starrte sie mich an.

»Du ... du ...«, stammelte sie. »Womit habe ich das alles nur verdient?«

Ihre Stimme zitterte dabei so wie ich kurz zuvor noch auf dem Bett. Dann setzte sie sich auf einen Stuhl und blickte so eisig nach draußen, dass es im Garten anfing zu schneien.

Es gibt ja diesen Satz, dass man *nicht* nicht kommunizieren kann. Das heißt, man verständigt sich immer, auch wenn man nicht miteinander redet. Zum Beispiel durch Körpersprache, durch Mimik und Gestik. Und das, was meine Mutter mir in dem Moment zu verstehen geben wollte, war, dass ich irgendwie zu weit gegangen war. Das verstand sogar ich, zumindest ihre Sichtweise der Situation. Ich legte ihr eine Hand auf die Schulter und schrieb später noch eine WhatsApp, dass sie vorher ja hätte anklopfen können.

Zu mehr war ich nicht fähig.

✳

Körperliche Nähe ist mir fremd.

Ich hasse Umarmungen, und es stört mich, angefasst zu werden. Oder andere anzufassen. Selbst wenn es nur flüchtige Berührungen sind, versuche ich, so weit es geht, Abstand zu halten.

Das macht es nicht einfacher.

Vor allem nicht, wenn man sich in Gruppen bewegt oder durch

Menschenmassen hindurchzwängen muss. Insofern ist es vielleicht ganz gut, in einer Kleinstadt zu leben. Wie ich mittlerweile weiß, gibt es hier kaum größere Versammlungen oder Massenveranstaltungen, die einen erdrücken. Das Schlimmste für mich ist es, in der Schule durch das Treppenhaus zu laufen, wenn alle anderen nach oben oder unten stürzen. Meistens komme ich absichtlich ein paar Minuten zu spät oder bleibe länger im Klassenraum, bis ich sicher sein kann, von niemandem angerempelt zu werden.

Medizinisch gesehen nennt man das Aphephosmophobie. Oder auch Berührungsangst, ich habe das nachgeschlagen. Ein krankes Wort für ein krankes Verhalten. Ich glaube, so ganz schlimm ist es bei mir nicht. Es korrespondiert aber wunderbar mit meiner Schweigsamkeit.

Wenn die Menschen wissen, dass man so etwas wie einen Dachschaden hat, wundert es sie nicht, wenn zu dem ersten Defizit noch ein zweites hinzukommt und irgendwann das ganze Haus zusammenbricht. Hohe Cholesterinwerte bei Rollstuhlfahrern wird man beispielsweise mit einhergehendem Bewegungsmangel begründen. Wenn ein Krebspatient depressiv wird, ist es die Ausweglosigkeit seiner Situation. Das klingt jetzt zynisch. Doch ich fühle mich ganz wohl, dass ich eine Krankheit gefunden habe, die perfekt zu mir passt.

Aphephosmophobie.

Eine Krankheit mit drei ›ph‹.

Phphphänomenal.

＊

Manchmal frage ich mich, ob es krank ist, über Krankheiten nachzudenken.

Vielleicht macht es einen selbst krank.

Vielleicht sollte ich besser über Gesundheiten nachdenken. Allein das macht mich schon wieder krank. Krankheiten gibt es so viele und in so vielen Ausprägungen, Kategorien und Variationen, dass dafür alle Plurale der Welt nicht ausreichen, während Gesundheit nur in der Einzahl existiert.

Teilgesund ist euphemistisch für halb krank. Und auf dem Weg der Gesundung zu sein heißt nichts anderes, als sich noch einmal für einen kurzen Moment aus dem Totenbett gewälzt zu haben.

Dabei gefällt es mir eigentlich, Krankheiten in all ihren Facetten und Stadien zu beschreiben.

Kränklich. Krank. Chronisch krank. Geisteskrank. Unheilbar krank. Sterbenskrank. Todkrank. Halbtot. Scheintot. Klinisch tot. Mausetot.

Ich selbst würde mich als mittelkrank einstufen. Heiter bis wolkig, mit vereinzelten Schauern.

Insofern geht es mir sogar großartig, solange man mich nur in Ruhe lässt.

Wenn Leute sagen: »Hauptsache gesund«, hoffen sie einerseits auf ein sorgenfreies Leben, schränken andererseits ihr Mitgefühl gegenüber kranken Menschen ein. Ein krankes Kind will keiner, einen gesunden Alten aber ebenso wenig. Menschen über 60 sind verdächtig. Und niemand will von einem 80- oder 90-Jährigen hören, wie gesund er ist, sondern nur, in welchem Stadium seiner Erkrankung er sich befindet.

In Bezug darauf fühle ich mich erstaunlich frühreif. Wenn ich jetzt sterben müsste, könnte man getrost von mir behaupten, dass ich nach langer Krankheit endlich verschieden und es so wahrscheinlich das Beste für mich sei. Ein paar wenige Menschen würden an meinem Grab stehen und Gott dafür danken, mich endlich von meinem Leiden erlöst zu haben.

✳

Goldfisch: »*War es nicht eine schöne Beerdigung?*«
Socke: »*Ja, wunderschön.*«
Regal: »*Vielleicht war die Beerdigung ja das Schönste in ihrem Leben.*«
Buch: »*Nach ihrem Leben.*«
Regal: »*Nach ihrem Leben. Das Schönste nach ihrem Leben!*«
Bürste: »*Und all die Blumen.*«
Schere: »*Die vielen Schnittblumen!*«
Dr. Baumann: »*Als Zeichen der Vergänglichkeit. Man verschenkt sie am Valentinstag. Oder wirft sie gleich in offene Gräber.*«

※

Tot bin ich aber noch nicht, noch lange nicht.

Und ich habe auch kein Verlangen danach.

Das jedoch könnte man bei mir vermuten. Oder vielmehr vermute ich, dass man es bei mir vermutet.

Menschen, die still sind und nichts von sich preisgeben, haben etwas zu verbergen und sind unberechenbar. Deshalb würde es auch niemanden überraschen, wenn ich tatsächlich irgendwann Amok laufen oder von einem Hochhaus springen würde, das es bei uns allerdings gar nicht gibt.

Hier hat man lediglich ein paar wenige hohe Gebäude errichtet. Eins ist der Kirchturm, dann gibt es noch die Wohnsiedlung mit einigen mehrstöckigen Häusern – und zuletzt den KuLa, den »Kurzen Langen«, eine Art Aussichtsturm, der so heißt, weil er selbst eigentlich gar nicht so hoch ist und trotzdem alles überragt. Der Turm wurde vor Urzeiten draußen vor der Stadt auf einem der umliegenden Hügel errichtet und ist vielleicht die einzige Sehenswürdigkeit, die dieser Ort zu bieten hat. Wobei das nicht ganz stimmt. Man schaut sich ja keinen Aussichtsturm an, sondern von dem Turm aus das, was sich drum herum befindet, die Kleinstadt, die Landschaft.

Das Neubaugebiet. Insofern gibt es bei uns vermutlich keine einzige echte Sehenswürdigkeit. Es ist vielmehr das Ganze an sich, was man zur Sehenswürdigkeit erklärt hat.

Ob das so ist, weiß ich nicht. Mir gefällt es jedoch, auf dem KuLa die Stufen hochzusteigen. Das mache ich nur bei schlechtem Wetter. Wenn die Sonne scheint, ist die Gefahr zu groß, dort oben Menschen zu begegnen. Genau das will ich ja vermeiden. Sobald es aber anfängt, leicht zu regnen und rutschig zu werden, ist dort niemand mehr, obwohl die Plattform oben teilweise sogar überdacht ist.

Die Brüstung ist auf einer Seite ziemlich marode, und man hätte sie längst erneuern müssen. Dafür war natürlich kein Geld da. Stattdessen hat man die letzte Treppe hoch zur eigentlichen Plattform mit einem rot-weißen Plastikband abgesperrt und einen Warnhinweis angebracht.

Vorsicht: Wer hier runterstürzt, ist tot.

So oder so ähnlich.

Natürlich kann man darunter oder darüber durchsteigen und über die Stufen bis ganz nach oben klettern. Ich setze mich ganz an den Rand der Plattform – ähnlich dem Bücherstapel zu Hause auf dem Regal – und lasse die Beine nach unten baumeln. Dann breite ich die Arme aus und warte so lange, bis mich der Wind fortträgt.

Schule

IfaS (Institut für angewandtes Schweigen): *Mariella, in unserem letzten Gespräch erwähnten Sie, dass man Sie in der Schule zum Reden zwinge.*

Ich: Das war nicht bei unserem letzten Gespräch.

IfaS: *Entschuldigen Sie die erneute Ungenauigkeit. Uns kam jedoch zu Ohren, dass es dort Probleme gebe. Was ist dran an den Gerüchten?*

Ich: In der Schule gibt es immer Probleme. Ich denke, das ist das Grundkonzept von Schule. Zum einen konfrontiert man uns mit Problemen, die wir zu lösen haben, die für die Lehrer allerdings überhaupt keine Probleme darstellen. Und zum anderen gibt es natürlich unter uns Probleme, die die Lehrer sehr wohl vor eigene Probleme stellen und bei denen sie kläglich versagen.

IfaS: *Lassen Sie uns über diese zweite Art von Problemen sprechen. Oder besser gesagt: Konflikte. Ihnen fehlt das Verständnis beziehungsweise der Rückhalt Ihrer Mitschüler?*

Ich: Ich spreche nur allgemein. Aber jetzt, wo Sie fragen, will ich mich Ihrer Frage nicht entziehen.

IfaS: *Was bedeutet das?*

Ich: Nun, einige aus meiner Klasse haben sehr wohl ein Problem mit mir, genauer gesagt mit meinem Schweigen. Und dieses Problem, das meine

Mitschüler mit mir haben, überträgt sich auf die Lehrer, was dann auch für mich nicht ganz unproblematisch ist.

IfaS: *Geht es etwas weniger abstrakt?*

Ich: Ich behaupte nicht, dass es mir immer gut dabei geht, nichts zu sagen. Die meisten meiner Mitschüler ignorieren mich. Doch in Biologie gibt es eine Lehrerin, Frau Dr. Kaltenbach, die sich unentwegt über mich mokiert. Letzte Woche sollte ich sogar ein Referat halten.

IfaS: *Unfassbar. Das klingt schon fast nach Schikane, nach Gängelei.*

Ich: Sie machen sich lustig.

IfaS: *Verzeihen Sie, das war nicht unsere Absicht.*

Ich: Schon gut, Sie sind nicht die Einzigen.

IfaS: *Das tut uns leid. Aber zurück zum Thema: Wie gelingt es Ihnen, diesen schulischen Zwängen und Vorgaben zu entfliehen?*

Ich: Eigentlich dachte ich, dass sich die Lehrer mit meinem Verhalten abgefunden hätten. Doch je länger mein Schweigen andauert, umso stärker scheint ihr Verlangen, mich zum Reden zu bringen.

IfaS: *Das heißt, man denkt über Maßnahmen nach?*

Ich: Dass ich deswegen schon zum Arzt musste, ist Ihnen bekannt. Mittlerweile droht man mir mit ernsthaften Konsequenzen. Schulpsychologe, Versetzung in eine andere Klasse. Rückstufung. Eventuell sogar Schulverweis.

IfaS: *Gibt es so etwas wie einen Hoffnungsschimmer?*

Ich: Ja, den gibt es. Vielleicht.

✳

Seit den Sommerferien haben wir einen neuen Englischlehrer.

Herr Sonntag.

McSundae.

Früher hießen Leute nach ihren Berufen. Schuster. Müller. Bäcker. Weber. Koch.

Dass Menschen aber auch so heißen können wie arbeitsfreie

Wochentage, gefällt mir umso besser. Er ist neu an der Schule und neu in unserer Klasse. Und mein neuer Held.

Normalerweise mag ich es nicht, einen Lieblingslehrer zu haben. Vielmehr finde ich es befremdlich, sich bei Lehrern anzubiedern, um bessere Noten zu bekommen. Bei Herrn Sonntag ist das anders, und vielleicht finde ich ihn deshalb großartig, weil ihn sonst niemand großartig findet.

Herr Sonntag ist natürlich kein Engländer. Er habe weder englische Angehörige noch Bekannte. Nicht einmal im Urlaub ziehe es ihn dorthin, sagt er. Trotzdem versucht er, uns Englisch beizubringen, was ungefähr so echt ist, wie Sushi in einer Bäckerei zu verkaufen.

»Blies open your buck on päitsch sewentie. Seite 17, verflucht!«

Ich glaube, Herr Sonntag ist der schlechteste Englischlehrer der Welt. Was ihn aber einzigartig macht, ist, dass er das selbst weiß. Er weiß, dass er genauso schlecht Englisch spricht wie wir alle. Wahrscheinlich würde er es komplett sein lassen, wenn er es nur könnte. Insofern verlangt er auch nicht von uns, auf Englisch zu antworten. Oder überhaupt zu antworten. Das kommt mir sehr entgegen.

Am liebsten würde er überhaupt nicht sprechen, glaube ich. Doch er ist nun mal Lehrer. Da gehört es wohl dazu, sich vor eine Klasse zu stellen und mit Schülern zu reden. Eigentlich habe er Erdkunde und Religion studiert, hat er uns erzählt. Weil er während dieses Studiums zwei Jahre im Ausland war und an unserer Schule derzeit wohl kein anderer Englischlehrer verfügbar ist, hat man ihn gebeten, Englisch fachfremd zu unterrichten. Als Laie sozusagen, der von dem Fach, das er unterrichtet, selbst nicht viel versteht.

Mir gefällt dieser Begriff »fachfremd«, und ich würde ihn gern mit ihm teilen.

Herr Sonntag unterrichtet fachfremd Englisch.

Und ich besuche fachfremd seinen Unterricht.

Erneuter Anruf meines Vaters.

Sein Tonfall war schon ein anderer als beim letzten Mal.

Wieso ich mich noch nicht bei ihm gemeldet habe.

Wieso ich nicht mit ihm spreche.

Wieso ich so störrisch sei.

Wieso, wieso?

Ich konnte seine Stimme noch hören, als ich schon auf der Treppe war.

※

Abgesehen von Herrn Sonntags Englischunterricht ist es jedoch nicht ganz so einfach, in der Schule nichts sagen zu müssen. Dabei habe ich nicht einmal den Versuch unternommen, mich in der letzten Reihe wegzuducken.

Ich glaube nicht, dass ich sehr schüchtern bin. Allzu selbstbewusst bin ich allerdings auch nicht. Ich laufe aber nicht mit einem Sack über dem Kopf durch die Stadt oder verstecke mich hinter jeder zweiten Mülltonne. Und wenn mich jemand anspricht, schaue ich nicht gleich weg oder weiche seinem Blick aus. Das verunsichert die Menschen. Normalerweise sind sie es gewohnt, keine Widerworte zu hören. Und ein schweigender Blick, der dem anderen standhält, ist manchmal stärker als alle Widerworte zusammen.

In der Schule muss man damit vorsichtig sein. Schule ist hierarchisch, und Hierarchien sind autoritär. Vom Grundsatz her ist so etwas paradox. Wie kann man von jemandem etwas lernen wollen, der seine Inhalte als Befehle verpackt? So stelle ich mir später Unternehmen vor. Da geht es auch nur darum, dass Dinge erledigt werden, und nicht um diejenigen, die sie erledigen. Ich glaube, Herr Sonntag hat das ganz gut begriffen. Persönlich finde ich es sehr schade, dass er nicht zusätzlich noch Mathe, Physik, Chemie und den ganzen Rest fachfremd unterrichtet, zu dem ich keinen Zugang finde.

Leider ist nicht jeder Tag ein Sonntag, und an all den anderen Tagen muss mich Isabell retten.

Isabell ist in der Klasse sehr beliebt, vor allem bei den Jungs. Und wahrscheinlich ist sie die Einzige, die mich versteht.

Sie hat lange blonde Haare und schminkt sich, im Gegensatz zu mir.

Ich tue das aus Prinzip nicht.

Weder für die Jungs noch gegen die anderen Mädchen.

Wahrscheinlich ist mir das Aussehen so wichtig wie die Ordnung in meinem Zimmer.

Isabell sieht das bestimmt anders, und sie trägt nicht nur Lippenstift, sondern auch Rouge, Wimperntusche und alles, was dazugehört. Doch trotz ihres Kajals hat sie nichts Schönes in ihrem Blick. Vielleicht setze ich mich gerade deshalb in ihre Nähe. Denn immer wenn mich ein Lehrer drannimmt, springt sie auf und ruft, so laut es geht, durch den Raum, dass ich unfähig sei zu antworten.

»Die ist zu dumm zum Reden, dümmer wie ein Stück Brot!«

Dafür bin ich ihr unendlich dankbar.

✸

Für die meisten ist es nicht nachzuvollziehen, warum ich nicht spreche. Es ist ihnen unbegreiflich. Sie fühlen sich vor den Kopf gestoßen, und ich bin ihnen rätselhaft. Dafür habe ich sogar Verständnis. Schließlich nimmt man solche Dinge persönlich.

Ich glaube, das ist das Hauptproblem: dass man immer alles auf sich bezieht. Dass jemand aber einfach nicht reden will – allein um des Redens willen –, kommt niemandem in den Sinn. Stattdessen halten sie mich für einfältig oder arrogant. Oder beides. Und bei meinen Lehrern gelte ich als renitent. Genau das wollen sie sich nicht bieten lassen.

Neben Frau Dr. Kaltenbach gibt es in der Schule eine Reihe weiterer Lehrer, die sich von meinem Schweigen provoziert fühlen. Herr Thoma zum Beispiel in Sport. Oder Frau Kreuzer in Deutsch. Dabei ist Deutsch mein Lieblingsfach, eigentlich. Natürlich beteilige ich mich auch hier nicht am Unterricht, und das macht mich verdächtig. Gerade Frau Kreuzer hat es auf mich abgesehen und meint mich durchschauen zu können.

※

Frau Kreuzer ist ein zweiäugiger Mensch.
In jedem Auge eins.

※

Deutsch dienstags in der dritten Stunde.

Allein die Begrifflichkeit »Stunde« sollte man überdenken, gerade in Schulen. Schulstunden dauern prinzipiell 45 Minuten, und dass das ein Viertel weniger ist als eine reguläre Stunde in der normalen Welt, fällt selbst mir als Nicht-Mathematikerin auf. Ein Viertel oder 25 Prozent. Wenn Schulstunden schon so großzügig bemessen werden, wieso nicht gleich auch sämtliche Leistungsnachweise, die man hier erbringen muss?

Kein Fehler in der Rechtschreibung heißt, dass man drei Viertel richtig gemacht hat. Eine glatte Eins in Chemie bedeutet, dass man 25 Prozent falsch machen kann.

Ich weiß, dass das idiotisch ist. Genauso idiotisch ist es aber, nach festen Normen zu urteilen, wenn man für sich als Schule in Anspruch nimmt, etablierte Größen wie Zeiteinheiten außer Kraft zu setzen, um sie in seinem eigenen Interesse frei zu interpretieren.

Frau Kreuzer ist eine Meisterin der Interpretation.

In ihre Deutungshoheit fallen nicht nur der Anfang und das Ende jeder Stunde, sondern auch alles, was sich dazwischen ereignet. Da hilft mir nicht einmal eine Isabell oder die Fähigkeit, sich wie Spinnen für das bloße Auge in Luft aufzulösen. Für Frau Kreuzer bin ich sichtbarer als irgendjemand sonst in der Klasse. Und das lässt sie mich spüren.

»Du weißt, Mariella, die mündliche Mitarbeit zählt 50 Prozent, und von diesen 50 Prozent bist du zu 100 Prozent still.«

In dem Moment hätte ich ihr zum einen gern gesagt, dass wir nicht im Mathematikunterricht sind, und zum anderen, dass ich bei den anderen 50 Prozent – also den schriftlichen Leistungen – ebenfalls zu 100 Prozent still bin und sie es deshalb umso höher zu schätzen wissen sollte. Doch das konnte ich ihr durch mein Schweigen natürlich nicht begreifbar machen.

Prinzipien und Empathie schließen sich von Natur aus aus. Erst neulich zwang mich Frau Kreuzer, nach vorne zu kommen und meine Hausaufgabe vorzulesen. Im Unterricht geht es gerade um ein Drama der Klassik, und wir sollten dazu Stellung nehmen, inwieweit der Widerstand gegen die Willkür der Obrigkeit gerechtfertigt werden kann beziehungsweise ob der Widerstand nicht sogar von jedem Einzelnen eingefordert werden müsste.

Ich hatte an dem Aufsatz bestimmt zwei Stunden gesessen und hätte ihn ihr gerne nach der Stunde zum Lesen gegeben. Das war an diesem Dienstag aber vollkommen undenkbar.

Ich nahm mein Heft und stellte mich vor die Klasse. Dann schlug ich es auf und bewegte zu jedem Wort, das darin stand, meine Lippen.

Ich las meinen Aufsatz lautlos vor.

Die Klasse tobte.

Frau Kreuzer schlug mit der flachen Hand auf das Pult, sofort war wieder Ruhe. Ich bewegte unverändert meine Lippen. Erst als sie mir das Heft aus der Hand riss, hörte ich auf vorzulesen.

»Zu Herrn Dr. Melzer. Sofort.«

Herr Dr. Melzer ist der Schulleiter. Und zum Schulleiter geschickt zu werden kommt der Todesstrafe gleich.

✳

Die Top 5 meiner Lieblingsgeräusche:

1. Das Knirschen frischen Schnees unter meinen Füßen
2. Das Aufschrauben eines Marmeladenglases
3. Das Kratzen eines Federkiels auf einem Stück Pergament
4. Das Zerplatzen eines rohen Eis auf den Fliesen unserer Küche
5. Das Schmatzen des Leders in Herrn Dr. Melzers Sessel

Zwei

stan

An diesem Abend saß da einer auf meiner Aussichtsplattform.

Dieser andere.

Es wehte ein ungemütlich kalter Wind, und dunkle Wolken verschluckten den letzten Rest Sonnenlicht. Das perfekte Wetter, um allein zu sein.

Ich bemerkte ihn erst, als ich unter dem Absperrband durchgeklettert und ganz oben auf dem KuLa angekommen war. Der Fremde saß genau dort, wo ich immer saß, um weg zu sein von allem. Ich glaube, er bemerkte mich in dem gleichen Moment wie ich ihn. Ein Augenblick der Gleichzeitigkeit.

Jeder Bruchteil einer Sekunde ist natürlich ein Augenblick der Gleichzeitigkeit. Sieben Milliarden Menschenleben Mal. Aber Augenblicke sind in der Regel Einzelgänger und gehen sich aus dem Weg, was mir grundsätzlich sehr gefällt.

Dieser Augenblick war jedoch nicht wie jeder andere. Er hatte sich gegen mich verschworen. Und wahrscheinlich auch gegen ihn.

Wir schauten uns direkt ins Gesicht, und ich weiß nicht, warum ich nicht sofort umdrehte, um mich in der Dunkelheit wieder aufzulösen.

Ich konnte einfach nicht.

Irgendjemand hat einmal Zeit als das beschrieben, was sich in uns ansammelt, was uns aufbläht und jeden Tag ein Stück größer, dicker macht, bis wir irgendwann daran zerplatzen. Als wäre Zeit eine Art Gift, an der man zugrunde geht. Ich mag diesen Gedanken; er klingt für mich plausibel. Doch in dem Moment, als ich den anderen dort auf meinem Platz sitzen sah, kam es mir vor, als hätte ich eine Dosis dieses Gifts in mir aufgenommen, die so stark war, dass sie mich schon jetzt zerfraß.

Ich war wie gelähmt.

Ich konnte nicht mit ihm reden und wollte es natürlich auch nicht.

Er hatte dunkle Haare und den Kragen hochgestellt, um den Wind und den einsetzenden Regen abzuhalten. Und er saß auf meinem Platz, auf meiner Plattform.

Am liebsten hätte ich ihn runtergestoßen.

✳

Stan
Du wolltest mich
runterstoßen?

Mariella
Das sagte ich doch.

Wie gefühllos.

Im Gegenteil.
Es war sogar ein ganz
starkes Gefühl.

✳

Ich glaube, im Leben geht es immer darum, ein Gleichgewicht herzustellen. Sonst gerät die Welt aus den Fugen. Für jeden, der besser ist, muss es einen geben, der schlechter ist. Sonst hat man keine Bezugsgröße. Für jeden, der herausragt, muss ein Kleinerer danebenstehen. Klugheit ist nur möglich, wenn es auf der anderen Seite Dummheit gibt. Und der Begriff Reichtum ergibt ohne den Begriff Armut keinen Sinn.

Genauso verhält es sich wohl mit dem Reden. Für jeden, der zu viel sagt, braucht es einen, der die Worte verschluckt und aufsaugt wie andere die Luft. Das bin ich.

Nur als ich diesen Fremden auf dieser Aussichtsplattform traf, ist dieses Gleichgewicht gekippt. Für einen Moment. Für diesen Augenblick hat sich die Welt verändert. Ich hielt die Luft an, minutenlang. Der andere tat das Gleiche. Und ich glaube nicht, dass ich jemals jemanden so lange und so direkt angestarrt habe.

Er hat nichts gesagt, ich sowieso nicht. Normalerweise ist es so, wenn Leute etwas von mir wollen, genügt in der Regel ein Nicken oder Kopfschütteln, und die Welt dreht sich weiter. In diesem Moment oben auf der Plattform blieben aber selbst die schwersten Regentropfen in der Luft hängen, ohne auf den Boden zu klatschen.

Ich weiß nicht, wie lange wir uns so gegenüberstanden. Das heißt, er stand ja nicht, sondern saß direkt am Ende der Plattform und ließ die Beine nach unten baumeln, während ich nicht wusste, ob ich gehen oder bleiben sollte.

Es gibt diesen Ausdruck der peinlichen Stille. Stille, die jeder, der sie wahrnimmt, als unangenehm empfindet. Als Belastung. Kurz hatte ich dieses Gefühl, dass mir diese Stille die Luft abwürgt. Doch dann passierte etwas, was ich nicht verstand.

Der andere erwachte genau wie ich aus diesem Zustand. Er fuhr sich durch die feucht gewordenen Haare; dann fing er an, mit den Händen herumzufuchteln. Für einen Moment hatte ich Angst, dass er auf mich losgehen wollte.

Stan

Was wäre, wenn
ich nicht dort oben
gesessen hätte?

Mariella

Was meinst du?

Wir wären uns nie
begegnet.

Wahrscheinlich nicht.

Es hätte uns nie
gegeben.

Natürlich hätte es
uns gegeben.

Nein, dafür hätten wir uns
ja begegnen müssen. Und das
war nur auf dem KuLa möglich.
Es hätte uns also nie gegeben.

Es hätte dich gegeben.

Und mich. Aber nicht uns.

Und das hättest du vermisst?

Du nicht?

Man kann nichts vermissen,
was man nicht kennt.

Das stimmt so nicht.

Amerika hat auch niemand
vermisst, bis es Kolumbus
irgendwann entdeckt hat.
Zufällig.

Doch, er hat danach gesucht.

Nicht nach einem neuen
Kontinent, nur nach diesem
Seeweg nach Indien.

Er hat sich auf
die Suche gemacht,
um etwas zu entdecken.
Und das macht man
nur, wenn vorher noch
nicht alles passt. Weil
einem etwas gefehlt hat.
Man hat etwas vermisst.

Und du hast nach
mir gesucht?

Nach der Ruhe. Und dir.

Und beides gefunden.

Du doch auch.

Du hättest mich aber ruhig
ansprechen können.

Du hättest es sowieso
nicht gehört.

Das konntest du
nicht wissen.

Wenn ich es gewusst
hätte, hätte ich womöglich
etwas gesagt.

Wirklich?

Aber es wäre nicht
sehr nett gewesen.

Warum nicht?

Weil ich vielleicht
nicht nett bin?

Oder weil du Ärger in
der Schule hattest?

Hinrichtung

Man kann von Todesstrafen halten, was man will.

Nein, eigentlich kann man das nicht. Doch vielleicht hatte ich sie sogar verdient, dachte ich mir, als ich ein paar Stunden zuvor Herrn Dr. Melzer gegenübersaß.

Herr Dr. Melzer ist ein recht großer, hagerer Mann mit knochigen Händen. Allein sein Aussehen verschafft ihm den nötigen Respekt, den ein Schulleiter braucht, um als Autorität wahrgenommen zu werden. Ich hatte mit ihm bislang nichts zu tun und hätte es auch gerne dabei belassen. Da mich Frau Kreuzer nun allerdings zu ihm beordert hatte, blieb mir keine andere Wahl, als ihr in sein Büro zu folgen.

Herr Dr. Melzers Büro befindet sich im ersten Stock, direkt neben dem Sekretariat. Ich durfte auf einem der Sessel vor seinem Schreibtisch Platz nehmen, während Frau Kreuzer hinter mir stehenblieb, um mir den Weg nach draußen abzuschneiden.

»Hat sie den Unterricht gestört?«, wollte er wissen.

Ich glaube, das war eine rein rhetorische Frage. Niemand wird zum Schulleiter zitiert, der sich im Unterricht vorbildlich benommen hat. Insofern schien es ihm vermutlich fast gleichgültig, was ihm Frau Kreuzer berichtete.

»Sie hat mich vorgeführt. Vor der gesamten Klasse.« Dass sie es zunächst war, die mich vor der Klasse bloßgestellt hatte, ließ sie unerwähnt. Herr Dr. Melzer nickte und hörte sich an, was Frau Kreuzer weiter zu berichten hatte. Dass ich zwar gute Aufsätze schriebe, sehr gute zum Teil, dass ich mich aber strikt weigerte, mit ihr oder irgendjemand anderem zu reden. Weder mit einer der Lehrkräfte noch mit einem der Mitschüler. Wenn sie es genau bedenke, fuhr Frau Kreuzer fort, habe sie mich noch nie reden gehört. Herr Dr. Melzer nahm seinen Kugelschreiber und richtete ihn auf mich, wie eine Schusswaffe.

»Mariella, so heißt du doch, oder? Was kannst du dazu sagen?«

Ich schwieg.

»Nichts«, antwortete stattdessen Frau Kreuzer hinter mir. »Nichts. Sie sagt absolut nichts. Sie hören es doch!«

»Die ist zu blöd dazu, dümmer wie ein Stück Brot«, hätte Isabell in dem Moment dazwischengerufen, wenn sie dabei gewesen wäre. Herr Dr. Melzer schien mein Verhalten aber nicht ganz neu zu sein. Entweder gab es noch weitere Schüler, die dümmer *wie ein Stück Brot* waren, um sich lautstark zu artikulieren. Oder es hatten sich schon andere Lehrer über mich beschwert.

Doch anstatt mich anzuschreien, wie das andere Lehrer gerne tun, blieb Herr Dr. Melzer ruhig und sagte, dass es nicht schlimm sei, eher still zu sein und sich wenig im Unterricht zu beteiligen. Solche Schüler gebe es zuhauf. Dass ich allerdings jetzt anfinge, mich über die Lehrer beziehungsweise ihren Unterricht zu belustigen, könne er nicht akzeptieren. Bis jetzt habe er sich nicht weiter damit beschäftigen wollen; in seiner Funktion als Schulleiter befasse er sich schließlich mit anderen Aufgaben. Wenn ich allerdings so weitermachte, wäre mein Verhalten nicht länger tragbar und ich müsste mit ernsthaften Konsequenzen rechnen.

»Für heute belassen wir es aber dabei«, beendete er seinen Vortrag. »Wir benachrichtigen deine Mutter, und du schreibst einmal die komplette Schulordnung ab. Und dann hoffe ich, dass wir uns so schnell nicht wieder darüber unterhalten müssen, verstanden?«

Ich nickte, nahm meine Tasche und wurde von Frau Kreuzer zur Tür geführt.

Mir war es recht, mehr oder weniger glimpflich davongekommen zu sein, wenngleich ich gerne gefragt hätte, wen oder was er mit UNS meinte, wo doch nur er geredet hatte.

✳

Die Schulordnung (in Auszügen):

Erlaubt ist alles, was der Gemeinschaft dient und niemandem schadet.
Und für all das gilt: friedlich, freundlich, langsam, LEISE

Ich bin im Unterricht LEISE.
Ich bin im Schulgebäude LEISE.
Ich melde mich, wenn ich etwas sagen will.
Ich bin in der Bücherei LEISE.
Ich rede erst, wenn ich dran bin.
Ich öffne die Türen LEISE, wenn ich durch die Türen gehen will.

Manchmal liebe ich es, Wörter in Versalien zu schreiben.

✳

Famous last words. Das sind die letzten Worte, bevor man stirbt. Die letzten großen Worte bedeutender Persönlichkeiten. Che Guevara hat zum Beispiel gesagt: »Schieß ruhig, du Feigling. Du wirst einen Mann töten.« Am besten gefällt mir aber der Ausspruch Karl Marx': »Letzte Worte sind für Narren, die noch nicht genug gesagt haben.«

Demnach hatte Marx, glaube ich, eine ähnliche Einstellung wie ich, was das Gerede im Allgemeinen betrifft. Allerdings gefallen mir letzte Worte, zumindest in ihrer eigentlichen Idee. Sie haben so etwas Nachdrückliches, wie eine Art Fazit. Ein Schlusssatz unter dem Leben.

Wäre ich tatsächlich von Herrn Dr. Melzer oder Frau Kreuzer hingerichtet worden, hätte sich allerdings niemand an meine letzten Worte erinnern können. Weil es sie ja nicht gibt. Oder doch. Aber die liegen ja Monate zurück, dass ich mich selbst nicht mehr daran erinnern kann. Vielleicht sollte ich mir gerade deshalb darüber Gedanken machen. Über meine letzten Worte, die ich dann möglicherweise auch laut aussprechen würde. Allzu lange wird es nicht mehr dauern. Denn was mit dem Abschreiben der Schulordnung nicht ganz gelungen war, wurde im Sportunterricht am folgenden Tag – am Tag 1 nach Stan auf dem Aussichtsturm – nahtlos fortgesetzt.

✳

Mariellas Hinrichtung.
Teil 2.
Grundsätzlich ist Sport kein reales Unterrichtsfach. 100 Meter laufen in so kurzer Zeit wie möglich. Oder über einen Kasten springen. Als befände man sich permanent auf der Flucht. Für mich ist das nicht ganz nachvollziehbar. Da erscheint es mir nur konsequent, dass man Sport nicht einmal in der Abiturverordnung den Geistes- oder Naturwissenschaften zuordnen kann. Insofern können Sportlehrer keine richtigen Lehrer sein. Und ich glaube, die meisten Menschen, die dieses seltsame Fach unterrichten, tun es nur, weil sie einen Ausgleich für das brauchen, was ihnen an Grobheiten in anderen, echten Fächern untersagt ist. Denn wäre es erlaubt, Schüler in Mathe, Deutsch oder Englisch auch körperlich zu gängeln, würde es

auf der ganzen Welt keinen einzigen Sportlehrer mehr geben. So weit meine Theorie.

Herr Thoma stützt sie definitiv.

Sein Unterricht fördert das gezielte Gegeneinander. Ganz speziell: alle gegen mich. Dass ich mit niemandem rede, natürlich auch nicht mit ihm, macht ihn so hilflos und wütend wie Frau Kreuzer und fast alle anderen Lehrer zusammen. Als Sportlehrer verfügt er aber über ganz andere Mittel, meinen Willen zu brechen. Seit ich an seinem Unterricht teilnehmen muss, hat er die Methode des Wegschauens perfektioniert. Immer wenn ich einen Stoß abbekomme, stolpere oder hinfalle, dreht er sich weg und hofft insgeheim, mich dadurch zum Reden zu bringen.

Fehlanzeige.

Ich beiße die Zähne zusammen und mache weiter, als sei nichts passiert. In der letzten Stunde hat sich die Situation allerdings verschärft. Wir mussten Handball spielen, selbst ich – trotz meiner Aphephosmophobie, von der ich ja keinem erzählen kann. Schon beim Aufwärmen bekam ich einen Ball gegen die Brust. Ich glaube, das ist bei Mädchen tausendmal schlimmer als bei den Jungs, und der Unterricht war noch lange nicht vorbei.

Kaum war ich wieder auf dem Spielfeld, traf mich dieser zweite Ball im Gesicht.

Mit voller Wucht.

Torben hatte ihn geworfen, aus nächster Nähe, so viel bekam ich noch mit. An den Rest kann ich mich nicht erinnern. Mir wurde schwarz vor Augen. Ich sackte weg und muss für wenige Sekunden benommen am Boden gelegen haben. Denn als ich langsam wieder zu mir kam, standen Torben und Herr Thoma über mich gebeugt und warfen sich Blicke zu.

»Na, Mariella«, sagte Herr Thoma. »Alles wieder okay?«

Nichts war okay.

Aber ich konnte ja nicht sagen, dass ich alles nur verschwommen wahrnahm und mein Kopf kurz davor war zu platzen. Mit den Fingern tastete ich über das Gesicht. Meine Nase blutete, und der rechte Wangenknochen fühlte sich an, als hätte jemand mit einer Eisenstange auf mich eingeschlagen. Am liebsten hätte ich lauthals losgeheult und sie alle angebrüllt, dass es genug sei, dass sie gewonnen hätten und dass sie mich ein für alle Mal in Ruhe lassen sollten.

Doch ich brachte keinen Ton heraus. Zum einen, weil ich es nicht mehr gewohnt war, meine Stimme zu gebrauchen. Und zum anderen, weil sich in dem Moment, in dem ich genau das versuchte, ein weiterer Kopf über mich beugte und mich mit einem breiten Grinsen anstarrte.

Es war Isabell.

Sie klopfte Torben auf die Schulter und sagte: »Hast recht gehabt. Sogar zu blöd, um 'n Ball zu fangen.«

✴

Ich hatte gehofft, alldem gewachsen zu sein. Doch das war ich nicht. Der Vorfall in der Sportstunde übertraf alles Bisherige. Der Handball hatte mich nicht nur im Gesicht getroffen.

Ich konnte nicht verstehen, wie weit jemand gehen konnte, mit dem ich vorher nie etwas zu tun gehabt hatte. Gerne hätte ich mit jemandem darüber geredet. Doch das konnte ich nicht, weil ich mit niemandem redete. Nur mit diesem Fremden konnte ich mich unterhalten, mit dem ich auf dem KuLa Handynummern ausgetauscht hatte. Unterhalten ist der falsche Ausdruck. Stan ist von Geburt an taub und ich vollkommen ungeübt in Gebärdensprache. Zum Glück hatten wir beide am Abend vorher unsere Smartphones dabei.

✴

Mariella
Gefällt mir übrigens.

Stan
Mein Aussehen?

Das mit den Händen.

Mach ich nur zum Spaß.

Und wirklich?

Meine Ohren weigern
sich zu hören.

Und mein Mund zu sprechen.

Obwohl du es könntest?

Yep.

Bescheuert.

Hochgradig bescheuert.

Die perfekte Voraussetzung,
sich zu unterhalten!

✳

Gebärdensprache ist äußerst merkwürdig, zumindest auf den ersten Blick. Niemand fuchtelt mit den Händen und Fingern rum, während er mit den Lippen versucht, die Laute zu formen, die er kaum rausbringen kann.

Vor Stan kannte ich Gebärdensprache nur aus dem Fernsehen. Politiker halten eine Rede, während daneben oder im Hintergrund eine Art Dolmetscher steht, der alles übersetzt. Allein das ist schon merkwürdig. Aber das bin ich ja auch, insofern hat alles seine Richtigkeit.

Als ich den Fremden – Stan – an jenem Abend auf der Aussichtsplattform traf, hatte ich tatsächlich Angst, dass er mich angreifen würde. Ich war vorher noch nie jemandem begegnet, der fast ausschließlich mit den Händen spricht. Wahrscheinlich hatte ich bis dahin einfach nie darauf geachtet.

Es regnete mittlerweile etwas stärker, und ich wollte schon davonlaufen. Unter normalen Umständen hätte ich das auch getan. Doch es war ja mein geheimer Platz oben auf diesem Turm. Da konnte ich keinem anderen gestatten, ihn mir streitig zu machen. Zudem rührte sich Stan nicht von der Stelle. Genau das irritierte mich. Er blieb einfach sitzen und ließ die Beine weiter nach unten baumeln, während er mit seinen Händen wild gestikulierte, ohne dass ich etwas verstehen konnte. Darauf war ich nicht vorbereitet. Weder auf ihn noch auf das, was er mir sagen wollte.

Ich glaube, ich war noch nie so verunsichert.

Hätte dort oben einer im Rollstuhl gesessen, hätte ich mit der Situation viel besser umgehen können. Aber ein Gehörloser, der gebärdet?

Ich kam mir so behindert vor.

Obwohl ja er der Behinderte war.

Behindert, oder?

✳

Ich habe das Wort zu Hause nachgeschlagen. Folglich gelten Menschen als behindert, wenn zum Beispiel ihre körperliche Funktion von der Norm abweicht und sie so am gesellschaftlichen Leben nur eingeschränkt teilhaben können. Gleiches gilt auch für die geistigen Fähigkeiten.

Insofern müsste man Isabell, Torben und alle anderen aus meiner Klasse als hochgradig behindert einstufen. Oder die Norm für geistige Fähigkeiten müsste so weit nach unten geschraubt werden, dass ihr Stumpfsinn wieder als normal gilt.

Wie auch immer.

In diesem Moment oben auf dem Turm war ich es jedenfalls gewesen, die vollkommen neben sich stand. Stans Finger flogen an mir vorbei, ohne dass ich etwas mitbekam. Ich starrte ihn nur an, unfähig zu reagieren.

Durch den einsetzenden Regen wurden seine Haare nass. Scheinbar hatte er keine Kapuze an seiner Jacke oder wollte sie nicht aufsetzen, um mich nicht noch mehr zu verschrecken. Irgendwann wurde mir bewusst, was hier gerade vor sich ging. Stan hörte plötzlich auf, mit den Händen zu reden. Wahrscheinlich merkte er, dass ich ihn nicht verstehen konnte. Er deutete neben sich, und ich setze mich auf die feucht gewordenen Planken an den Rand der Plattform. Vielleicht aus Höflichkeit oder Neugier. Oder beidem. Vielleicht auch, weil die Situation so absurd und sonderbar war. Niemand sonst hatte sich nach dort oben verloren, und der gesamte Turm war in diesem Moment unser.

✳

Mariella
Der Turm hier gehört
übrigens mir.

Stan
Ziemlich schäbig.

An normalen Tagen ist
er aus Gold.

Was sind normale Tage?

Tage, an denen nicht
zwei Psychos hier oben
im Regen sitzen.

Zwei Psychos? Hab
ich gar nicht gesehen.

Sind beide vorhin
runtergesprungen.

Hab mich schon gewundert,
wo die so schnell hinwollten.

✳

Längst hatte ich keine Angst mehr. Auf eine merkwürdige Weise war mir Stan vertraut, obwohl wir uns nicht kannten. Wir saßen nebeneinander und sagten kein Wort. Natürlich nicht. Und mit den Smartphones in der Hand war alles ganz einfach. Es kam mir vor, als würde ich jemandem aus einer anderen Welt Briefe schreiben, obwohl er direkt neben mir saß.

✳

Mariella
Ziemlich komischer Name.

Stan
Eigentlich Stefan.
Klingt aber etwas
normal, oder?

Und genau das bist du
nicht, normal?

Eher Psycho

Kennst du Dick und Doof?

Stan und Olli?

Stan Laurel, genau!

Und du bist so doof wie der?

Ja, vielleicht.

Lass mich raten:
Stummfilme und so…?

Nur in ihrer Anfangszeit.
In den 20ern. Vor fast 100 Jahren.

Und dann?

Irgendwann mit Ton.
Darum geht es aber nicht.

Sondern?

Die haben unendlich viele
Filme zusammen gedreht. Als
beide schon alt waren, hat Oliver
Hardy die Stimme verloren.

Und Stan?

Der konnte noch sprechen,
hat es aber nicht getan.
Aus Respekt vor ihm,
nehme ich an. Best friends …

Großartig.

Die beiden haben nur
noch über Mimik und Gestik
kommuniziert.

Fast so wie wir?

Genau.

Mit dem Unterschied,
dass ich diejenige bin,
die reden könnte.
Wenn ich wollte.

Was du aber nicht willst?!

Yep.

Dann bist du der Stan
von uns beiden?

Und du Olli.

Morgen schon was vor, Stan?

Stummfilme schauen?

Flucht

Nächster Anruf meines Vaters.

Dass ich endlich sagen solle, was los sei.

Dass er sich das nicht länger bieten lasse.

Dass ich mit Konsequenzen zu rechnen hätte, wenn …

Dass er noch immer derjenige sei, der …

Dass ich Gott verdammt noch mal …

Ich konnte ihn schon hören, bevor ich überhaupt rangegangen war.

✳

Nach der Schule werde ich eine Ausbildung machen, als Fluchtweg-beauftragte. Ich weiß zwar nicht, ob dieser Beruf tatsächlich existiert, ich stelle ihn mir aber äußerst interessant vor. Fluchtwege sind Auswege, nur mit interessanterer Bezeichnung. Man findet sie beispielsweise in Shoppingcentern oder Parkhäusern, und von außen sind sie immer abgeriegelt.

Niemand weiß von ihnen.

Fluchtwege sind unberührt, Neuland. Keine ausgetretenen Pfade. Und manchmal wünscht man sich kleine Schwelbrände, zum Beispiel im Einkaufsbereich, um ihre Schönheit entdecken zu dürfen. Vielleicht werde ich nach meiner Ausbildung ein Buch über die Ästhetik und Idylle von Fluchtwegen schreiben. Oder neue entdecken.

In der Sportstunde, in der ich Torbens Ball ins Gesicht bekam, hätte ich mir jedenfalls gewünscht, einen Fluchtweg zu kennen, um mich ungesehen davonzustehlen. Mein Wangenknochen pochte, Blut verstopfte meine Nase, und mein Gesicht brannte wie Feuer. Zum Glück war die Stunde irgendwann vorbei, sodass es für alle anderen keinen Grund gab, auch nur eine Minute länger zu bleiben. Herr Thoma musste ebenfalls schnell weg.

»Na, sieht schon besser aus, oder?«, sagte er und verabschiedete sich. »Mach daheim etwas Salbe drauf, und morgen sieht man schon nichts mehr.«

Nichts sah besser aus. Und statt Salbe hätte höchstens Schminke geholfen, um das zu überdecken, was mir jeder ansehen konnte. Vielleicht hätte ich Isabell danach fragen sollen.

Nachdem Herr Thoma weg war, blieb ich in der Umkleidekabine, bis ich sicher sein konnte, von niemandem auf dem Schulgelände erkannt oder angesprochen zu werden. Meine Mutter war wahrscheinlich zu Hause, doch ich wollte auf keinen Fall von ihr gesehen und zum Arzt geschleift werden. Nicht auszudenken, was ich mir dort hätte anhören müssen.

Dr. Baumann: »*Was ist denn da passiert?*«
Meine Mutter: »*Das sehen Sie doch!*«
Dr. Baumann: »*Das sieht nicht gut aus.*«
Meine Mutter: »*Das sehe ich genauso!*«
Dr. Baumann: »*Mariella ...?*«
Meine Mutter: »*Jetzt rede endlich! Wer war das?*«
Torben: »*Ein Handball würde ich sagen!*«
Isabell: »*Dümmer wie Brot. Zu dumm zum Fangen.*«

Arvo Pärt ist ein estnischer Komponist. Im Prinzip weiß ich nichts über Estland. In Erdkunde verwechsele ich es immer mit Lettland oder Litauen. Im Prinzip habe ich nur eine grobe Ahnung davon, wo dieses Land liegen könnte und wie es dort aussieht. Ich stelle es mir vor wie weite Teile Russlands oder Kanadas. Vermutlich ist es sehr flach, nicht von Grund auf feindselig, aber abweisend. Schwer zugänglich. Überall gibt es Fichten-, Tannen- und Birkenwälder, kaum Menschen. Und irgendwo im Inneren Estlands ruht die Stille, die man aus den Metropolen vertrieben hat und die sich dort zwischen zerklüfteten Felsen und zugefrorenen Seen das ganze Jahr über versteckt hält.

Die Esten selbst sind mindestens genauso wortkarg und schweigsam wie die Landschaft, in der sie leben. Nur dieser Arvo Pärt hat die Gabe, diese Stille hörbar zu machen. Den schönsten Satz, den er einmal gesagt hat – das habe ich mal über ihn gelesen –, lautet: »Die Stille ist immer vollkommener als die Musik. Man muss nur lernen, das zu hören.«

Das gefällt mir.

Ich glaube, wenn ein Mensch so genau hinzuhören versteht, versteht er den *Beat*, den Grundton unseres Seins. Ich meine die Vollkommenheit, die übrig bleibt, wenn man alle Geräusche und den Lärm um uns herum ausblendet. Man hört nur noch den Atem, vielleicht sogar das regelmäßige Auf und Ab des Brustkorbs und das Herz, das tief drinnen anfängt melodisch zu schlagen. Wahrscheinlich ist es dieser nahezu lautlose Grundton, der seine Musik so einzigartig macht.

Arvo Pärt ist der Meister der vertonten Stille. Und der Soundtrack meines Schweigens. Wenn irgendwann ein Fluchtweg auf die andere Seite des Horizonts bis nach Estland führt, möchte ich auf ihm wandeln.

※

Ich weiß nicht, wie ich an diesem Tag auf Estland und Arvo Pärt kam. Aber nach der Sportstunde hatte ich diesen hellen, fast gleichförmigen Ton im Kopf. Ein leises Summen ohne Rhythmus, das mich an diese Musik erinnerte. Ich stand auf dem Schulhof und hielt mir ein Taschentuch gegen die Nase, die wieder angefangen hatte zu bluten. Die meisten meiner Mitschüler waren längst zu Hause; und die wenigen, die noch da waren, kannten mich nicht oder nahmen keine Notiz. Von Torben, Isabell und den anderen war weit und breit nichts zu sehen. Trotzdem drückte ich mich an der Hauswand entlang zum Ausgang. Ich schlich an den Fahrradständern vorbei, in der Hoffnung, von niemandem gesehen oder angesprochen zu werden. Ich wollte weg, aber weder heim noch zu Stan, der mein Gesicht nur aus der Dunkelheit kannte und der mich jetzt am helllichten Tag kaum wiedererkennen würde.

※

Laurel: Hatten die beiden nicht eine Verabredung?
Hardy: So ist das manchmal, Stan.
Laurel: Vielleicht hatte sie keine Zeit?
Hardy: Zeit hatte sie bestimmt.
Laurel: Was war es dann, Olli? Hat sie ihn versetzt?
Hardy: Sie hatte sie vergessen, die Verabredung.
Laurel: Wirklich?
Arvo Pärt: Er war ihr einfach zu laut.

※

Es war das erste Mal überhaupt, dass ich eine Verabredung hatte, eine richtige. Menschen mit Aphephosmophobie, die eher selten die Nähe zu anderen suchen, haben in der Regel gar keine Verabredungen. Das ist zumindest meine Annahme.

Doch ich war verabredet. Noch dazu mit jemandem, der die gleiche Sprache sprach – beziehungsweise, der im Nicht-Sprechen genauso konsequent war wie ich, wenngleich er es nicht freiwillig tat. Die ganze Nacht über hatte ich darüber nachgedacht, wie es wohl werden würde. Abgesehen von einigen Freundschaften in meiner Kindheit war ich nie zuvor mit einem Jungen verabredet, und Stan lud mich ein. Wozu oder wohin, das wollte er nicht verraten. Normalerweise hätte man sich sonst etwas dabei denken können. Das hier war aber nicht normal. Und irgendwie hatte ich mich ja selbst eingeladen – mit dem Wunsch, mit ihm einen Stummfilm zu schauen.

Ich verstand mich selbst nicht mehr. Verabredungen sind das Natürlichste der Welt, vermutlich gehören sie zu den Grundpfeilern unseres gesellschaftlichen Zusammenlebens. Nur nicht für mich. Und dass ich mich mit ihm treffen würde, war aufregend und beängstigend zugleich. Es machte mich nervös. Eigentlich bin ich nie nervös, nicht wirklich. Nicht mal, als ich zu Herrn Dr. Melzer zitiert wurde, war ich sonderlich aufgeregt.

Das ist eine prinzipielle Sache.

Denn ganz objektiv betrachtet gibt es kaum eine Situation, die es erforderlich macht, aufgeregt zu sein. Nicht hier in unserer Welt. Es gibt keine Löwen oder Tiger, die an der nächsten Ecke auf uns lauern. Wir befinden uns nicht im Krieg, und der Straßenverkehr ist so geregelt, dass man in 99,9 Prozent aller Fälle sicher von A nach B kommt. Warum also sollte man aufgeregt sein?

Ich war es trotzdem.

Dabei kann ich nicht mal sagen, dass mir Stan am Abend vorher sonderlich gut gefallen hatte – so wie er da oben auf dem KuLa saß, halb im Regen in seiner nass gewordenen Jacke. Bis auf den ersten Moment, in dem wir uns gegenseitig bemerkten, hatte ich ihn kaum angesehen. Ich saß ja direkt neben ihm, und ihm direkt ins Gesicht zu schauen, dazu fehlte mir der Mut. Als wir uns verabschiedeten, wusste ich nicht einmal, welche Augenfarbe er hatte und wie dunkel seine Haare wirklich waren. Um das erkennen zu können, war es an dem Abend zu finster gewesen.

Ich würde ihn bestimmt wiedersehen, aber nicht an diesem nächsten Tag. Irgendwie war meine Verletzung im Gesicht gleichzeitig eine Entschuldigung, die Verabredung platzen zu lassen. Auch wenn das unglaublich feige war und ich Stan enttäuschen würde. Ich hätte ihm schreiben können, dass mir etwas dazwischengekommen wäre, was irgendwie stimmte. Doch nichts dergleichen tat ich.

Stattdessen lief ich erneut zum Aussichtsturm, auch wenn wir dort nicht verabredet waren. Zudem war der Tag nicht grau genug, und ich würde dort oben vermutlich nicht die Einzige sein. Eine bessere Idee hatte ich nicht. Ich würde unbemerkt nach oben klettern und mich an den Rand der Plattform setzen, die für Besucher ja gesperrt war. Wenn mich trotzdem jemand auf meine Verletzung im Gesicht ansprechen würde, würde ich nach unten deuten und ihm zu verstehen geben, dass man beim Runterspringen besser aufpassen sollte.

Das war mein Plan, so idiotisch er auch klang.

✴

Allzu weit kam ich nicht.

Ich hatte das Schulgelände gerade ein paar hundert Meter hinter mir gelassen und konnte den Aussichtsturm zwischen den Giebeln bereits erahnen. Der Schmerz in meinem Kopf breitete sich im gesamten Schädel aus, und ich freute mich, gleich von allem weit entfernt zu sein. Da sah ich Herrn Sonntag, meinen Englischlehrer. Das wäre nicht weiter schlimm gewesen, fatal war nur, dass er auch mich gesehen hatte. Er schob sein Fahrrad, das offensichtlich einen Platten hatte, und kam mir entgegen. Wahrscheinlich hatte er Nachmittagsunterricht und war auf dem Weg zur Schule, während ich mich nur noch wegwünschte.

Ich wusste sofort, dass er mich erkannt hatte, denn er wechselte ohne erkennbaren Grund auf meine Straßenseite. Warum er das tat, verstand er selbst nicht. Er kannte mich nur aus dem Unterricht, wobei sogar das zu viel gesagt ist. Ich kannte ihn aus dem Unterricht. Von mir kannte er höchstens das Gesicht und ein paar Hausaufgaben, die er eingesammelt hatte.

Ich mochte ihn ja, so wie man eben Lehrer mögen kann. Und irgendwie hatte ich in ihm eine Art Verbündeten gesehen, der es genau wie ich vermied, viel – beziehungsweise zu viel – mit anderen Menschen zu reden. Ein Mitschweiger, der jetzt aber direkt auf mich zusteuerte.

Natürlich hätte ich ebenfalls die Straßenseite wechseln können, doch das hätte mit Sicherheit ein falsches Signal gesetzt. Einerseits hätte ich mir vorstellen können, mich ihm anzuvertrauen, andererseits wollte ich auf keinen Fall mit ihm reden. Ich wusste nicht, wie ich mit dieser Situation umgehen sollte. Genauso ging es wohl Herrn Sonntag. Denn als wir mitten auf dem Bürgersteig voreinander stehen blieben, sagte keiner von uns ein Wort.

Er hatte ziemlich blasse Haut und auf der Nase ein paar Sommersprossen. Vielleicht ist Herr Sonntag doch Engländer oder hat englische Wurzeln, überlegte ich. Und er traut sich nicht, es zuzugeben, weil er so schlecht Englisch spricht. Mit seiner rechten Hand stützte er das kaputte Rad, die linke versteckte er in seiner Cordjacke. Es sah nicht wirklich lässig aus, wie er so vor mir stand und kein Wort rausbrachte, eher verkrampft.

Aber ich sah kaum besser aus.

Das Taschentuch, das ich mir gegen die Nase presste, war blutverschmiert. Trotzdem hätte ich es mir am liebsten über das ganze Gesicht gehalten, allein um mich in diesem Moment unsichtbar zu machen.

»Hey, Mariella!«, stammelte er kaum hörbar. »Whot häppent?«

Ich weiß nicht, warum nicht englische – oder nur halb englische – Englischlehrer meinen, auch außerhalb der Schule Englisch reden zu müssen. Vielleicht gibt es so etwas wie einen Verhaltenscodex Schülern gegenüber, der besagt, nie aus seiner Rolle zu fallen. Bei Herrn Sonntag wirkte das eher wie ein Reflex, ein Versehen.

Ich hätte das gern genauer gewusst, konnte ihn aber schlecht um eine Erklärung bitten. Stattdessen nahm ich das Taschentuch von der Nase und blickte ihm direkt ins Gesicht. *Man kann nicht nicht kommunizieren.* Mein Gesicht beziehungsweise das, was davon übrig war, sagte alles, was es zu sagen gab. Herr Sonntag erschrak kurz, wusste jedoch nicht, wie er reagieren sollte. Ihm war die ganze Situation unangenehm, das sah ich ihm an. Ich selbst fühlte mich nicht viel besser. Bei jedem anderen Lehrer hätte ich mich sofort weggedreht und wäre für immer im Boden versunken. Bei ihm traute ich mich, die Wunde im Gesicht zuzugeben.

Herr Sonntag versuchte zu lächeln. Dann zuckte er etwas unbeholfen mit den Schultern, wir nickten uns zu und gingen aneinander vorbei. Dabei wünschte er mir noch: »Good look!«

Gutes Aussehen. Bestimmt hatte er *Luck* gemeint, also Glück.

Doch *Look* passte in dem Moment genauso gut.

※

Mariella
Warum bist du nicht einfach
zum KuLa gekommen?

Stan
Waren wir nicht ganz
woanders verabredet?

Du hättest trotzdem da
sein können.

Gehört der Turm
nicht dir alleine?

>Ich schenke ihn dir,
einverstanden?

Nur wenn du ihn
vorher einpackst.

>In goldenes Geschenkpapier!

Theater

Donnerstag ist der einzige dreisilbige Tag der Woche.
Der Tag des Geschwätzes.

✳

Ich beschloss, gleich am nächsten Tag wieder zur Schule zu gehen.
Natürlich hätte ich auch den Rest der Woche daheim bleiben können, in der Hoffnung, dass mein Gesicht in ein paar Tagen wieder
halbwegs normal aussehen würde. Doch dann hätte ich die ganze
Zeit zu Hause verbringen müssen, zusammen mit meiner Mutter
und den Goldfischen. Und das erschien mir tausendmal schlimmer
als die spöttischen Blicke meiner Mitschüler.

Mein Gesicht hatte sich über Nacht für einen neuen Farbton ent-
schieden. Die linke Gesichtshälfte sah aus wie immer. Auf der rechten Seite hatte sich allerdings ein rötlich violetter Fleck gebildet mit
einem leichten Blau. Als wären unterhalb des Auges mehrere Farb-
töpfe ineinandergelaufen.

Die Wange war angeschwollen, und wenn ich sie mit dem Finger
berührte, brannte es wie die Hölle in der Walpurgisnacht. Gebro-

chen war nichts, zumindest fühlte es sich nicht danach an. Bislang hatte ich mir noch nie etwas gebrochen, deshalb konnte ich schlecht sagen, ob es vielleicht nicht doch gebrochen oder wenigstens angebrochen war. Ich versuchte, den Schmerz zu ignorieren und auch alles andere, was damit zu tun hatte. Wahrscheinlich wäre mir das sogar gelungen, hätte mich meine Mutter an dem Abend vorher nicht permanent darauf hingewiesen, wie schlimm ich aussah und dass es unbedingt notwendig sei, zum Arzt zu gehen.

Sie hatte mir aufgelauert.

Nachdem ich ganz für mich allein ein paar Stunden auf dem Aussichtsturm verbracht hatte, war ich nach Hause gelaufen, in der Hoffnung, mich unbemerkt nach oben stehlen zu können, um in meinem Zimmer zu verschwinden. Für immer.

Daraus wurde nichts. Schon beim Aufschließen der Haustür stellte mich meine Mutter zur Rede. Das heißt, sie redete, und ich schaute weg. Doch je mehr ich versuchte, ihrem Blick auszuweichen, desto lauter wurde sie.

»Mariella, es reicht! Entweder du sagst jetzt, was passiert ist, oder ich rufe die Polizei!«

Das hätte noch gefehlt. Ein Polizeiwagen, der mich mitnimmt und zu einer Aussage nötigt, die ich nicht bereit war zu machen.

Ich fing an zu weinen. Nicht vor Schmerzen, aus Verzweiflung.

Die Stunden auf dem Aussichtsturm hatten mir nicht gutgetan, beziehungsweise, sie hatten es nicht besser gemacht. Der Schmerz war kaum abgeklungen, was nicht einmal das Schlimmste war. Insgeheim hatte ich gehofft, dass Stan vielleicht doch irgendwann auftauchen würde, so wie am Vorabend, aber vergeblich. Ich hatte den ganzen Nachmittag bis zum Einbruch der Dunkelheit dort oben gesessen und in die Tiefe gestarrt. Dabei war ich mir unglaublich lächerlich vorgekommen. Die eingebildete Schweigerin, die niemand verstand, weil sie von niemandem verstanden werden wollte. Und dann kreisten meine Gedanken um diesen anderen, den ich zu vermissen begann, obwohl ich ihn überhaupt nicht kannte. Ich fühlte mich ihm nahe, obwohl er so weit weg war wie jeder Traum nach dem Erwachen. Ein vollkommen irrationales Gefühl. Es war nicht logisch zu begründen, weil alles auseinanderbrach und anfing, mich dabei in Stücke zu reißen.

✳

Mariella
Wenn du einen Wunsch
frei hättest, was würdest
du dir wünschen?

Stan
Drei freie Wünsche natürlich.

Du bekommst aber
nur einen.

Ist das nicht etwas
widersprüchlich?

Feen sind generell
widersprüchlich.

Aber zaubern kannst
du schon, oder?

Nur hexen.

Also?

Ich weiß es nicht.

Hören können, vielleicht?

Vielleicht.

Vielleicht?

Untertitel bei dem, was ihr
sagt, würden erstmal reichen.

✳

Das alles hätte ich meiner Mutter an diesem Abend erzählen können. Mir war allerdings klar, dass das Ende meines Schweigens gleichzeitig das Ende von allem gewesen wäre. Ich würde mich verraten. Und da konnten die Schmerzen, der Spott und sämtliche Verwünschungen der Welt noch so groß sein, ich würde dieses Schweigen nicht brechen.

Nicht aus einem kurzen Moment der Schwäche heraus.

Ein Hungerstreik ist wenig glaubhaft, wenn man zwischendurch einen Schokoriegel isst.

Nichts anderes wäre es gewesen, hätte ich mich dem gebeugt, was sie mir androhte.

Ich wischte mir die Tränen aus den Augen. Dann stürmte ich die Treppe hoch in mein Zimmer und vergrub mich in meinem Bett.

Zitterspinne: Zittert sie?
Arvo Pärt: Nein, sie weint.
Zitterspinne: Ist das nicht das Gleiche?

Meine Mutter folgte mir, wagte es aber nicht, zu mir reinzukommen. Stattdessen blieb sie auf der Treppe sitzen. Wie aufgebracht sie war, konnte ich durch die Tür hindurch spüren. Und es hat mich ein halbes Dutzend WhatsApp-Nachrichten gekostet, um sie wieder zu beruhigen.

※

In der Schule war dann alles anders. Ich lief über den Schulhof und hatte den Eindruck, von jedem beobachtet zu werden. Natürlich hatte sich längst rumgesprochen, was passiert war. Zudem war mein Outfit daran schuld, dass sich alle nach mir umdrehten. Ich trug eine Sonnenbrille und eine schwarze Basecap, über die ich die Kapuze meines Pullovers gezogen hatte. Irgendwo darunter verbarg sich mein Gesicht. Niemand wagte es, mich anzusprechen oder sich über mich lustig zu machen. Nicht offen vor allen. Stattdessen wuchs hinter meinem Rücken eine gräulich schwarze Wolke aus Worten, die sich aus heiterem Himmel über mir ergoss.

＊

Ball, Ball, Koma, Stich; und fertig
ist das Blödgesicht. »Das ist sie
doch, die Unscheinbare?« »Diese
ignorante Psychotante!«
»Etwa die da, diese Stille
mit der schiefen Sonnenbrille?«
»Stumm-dumm wie ein kalter Fisch,
der nicht redet oder spricht!« »Ganz
sicher kann sie's nicht, die Schlampe,
nicht mit uns noch irgendwem!«
»*Mariella, angenehm.*« »Von
wegen! Wenn ihr mich fragt, ist das
gegen jegliche Natur.«
»Schaut nur, wie die aussieht! Nennt sich
so was denn Gesicht?« »'ne Fratze
hat'se!« »Mir wird davon schlecht!« »Was
ihr geschieht, geschieht ihr recht!«
»Woher kommt die überhaupt, aus
welchem Loch, aus welchem Eck?«
»Ist die Kunst oder kann die weg?«

＊

Fast fühlte es sich gut an, so männlich über das Schulgelände zu laufen. Warum war mir das vorher nie eingefallen? Ich war kein Mädchen mehr oder eine Frau, sondern eine Outlaw, eine Gesetzlose, die tun und lassen konnte, was sie wollte.

When you can't look good, look crazy. Ich habe keine Ahnung, ob es nicht vielleicht irgendeine englische Punkband gibt, die das zum Thema macht. Aber genau das war es, was diesen Morgen fast wunderbar erscheinen ließ.

Ich hatte weder eine Stimme noch ein Gesicht. Mit der Sonnenbrille fühlte ich mich unangreifbar. Niemand würde mich zwingen, sie abzunehmen, keiner meiner Mitschüler und erst recht kein Lehrer. Ich lief den Gang hoch bis zum Klassenraum, stieß die Tür auf und setzte mich in den Unterricht.

✳

IfaS (Institut für angewandtes Schweigen): *Mariella, verraten Sie uns, was es mit diesem Jungen auf sich hat? Wie war doch gleich sein Name?*
Ich: Stan.
IfaS: *Richtig, Stan. Sie wollten ihn von der Plattform stoßen, als Sie ihn das erste Mal dort oben auf dem Turm trafen?*
Ich: Das sagte ich bereits, ja.
IfaS: *Aber dieses Gefühl hielt nicht lange an. Sie haben sich also mit ihm unterhalten, auch wenn es nur per WhatsApp-Nachrichten möglich war?*
Ich: Ja, stimmt. Warum fragen Sie?
IfaS: *Nun, haben Sie sich damit nicht selbst verraten? Sie sich selbst und damit Ihr Schweigen?*
Ich: Inwiefern?
IfaS: *Nun, ist WhatsApp nicht die Kommunikationsform, die das – wir möchten hier Ihre Worte zitieren – »Geschwätz« erst recht forciert, nur in elektronischer Form?*

Ich: Im Prinzip muss ich Ihnen da leider recht geben. Gegenüber Stan relativiert sich dieses »Geschwätz« allerdings.

IfaS: *Könnten Sie das bitte konkretisieren?*

Ich: Dadurch, dass er gehörlos ist. Weil er mein Schweigen nicht als solches erkennt. Ihm gegenüber hätte es keine Aussagekraft. Einen Blinden kann man ja auch nicht damit beeindrucken, ebenfalls mit geschlossenen Augen durch die Gegend zu laufen.

IfaS: *Und das wollten Sie, ihn beeindrucken?*

Ich: Ich weiß es nicht. Ich denke schon.

✳

Jemanden beeindrucken ist auch so eine Begrifflichkeit. Was beeindruckt, wovon wird man beeindruckt? Im Prinzip heißt es nichts anderes, als bei einem oder ganz vielen anderen einen Eindruck zu hinterlassen. Im Guten wie im Schlechten. Merkwürdigerweise ist der Begriff aber durchweg positiv besetzt.

Dabei finde ich nicht nur herausragende Leistungen beeindruckend, sondern gleichfalls das, was als bedrohlich, ungeheuerlich oder zu Recht als einfach nur pervers, schrecklich und verurteilenswert gilt. Ein Hurrikan ist beeindruckend, ein Tsunami. Eine Massenkarambolage auf der Autobahn, eine Dürrekatastrophe, eine weltweite Seuche, ein Flüchtlingsboot, der Flächenbrand im Regenwald.

Selbst im Kleinen gibt es Dinge und Vorkommnisse, die einen nicht ganz unerheblichen Eindruck hinterlassen:

Die Kompromisslosigkeit eines Handballs.

Die Ignoranz der anderen.

Mein Schweigen.

Ich glaube, es ist nicht immer ganz einfach zu sagen, ob es nun wirklich die Absicht sein sollte, zu beeindrucken oder beeindrucken zu wollen. Schon gar nicht auf eine unangenehme, negative Art. Wahrscheinlich hatte ich deshalb die Verabredung mit Stan platzen lassen. Was hätte er von mir gedacht? Im besten Fall hätte er so etwas wie Mitleid für mich empfunden, das ist das Letzte, was man bei einer ersten Verabredung braucht. Nein, ich konnte ihn so nicht treffen, nicht mit diesem Gesicht. Und auch nicht mit meiner Maskerade, die mir zwar Schutz bot und mich unangreifbar machte, die mich zugleich aber unnahbar und fremd erscheinen ließ.

※

In den letzten beiden Stunden hatten wir Biologie. Die ganze Zeit über herrschte in der Klasse eine eher sonderbare, schwer greifbare Stimmung. Es fühlte sich an wie ein mattes Licht im Nebel, das man an einem Herbstmorgen dimmt, um es vor sich selbst zu schützen.

Niemand in den ersten vier Schulstunden hatte mich offen angesprochen, weder um mich zu bemitleiden noch um sich über mich und meine Kostümierung lustig zu machen. Keiner der Lehrer sprach mich auf die Sonnenbrille an oder gar auf die Verletzung, die ich darunter verbarg. So hatte ich es mir vorgestellt.

In den letzten beiden Stunden kippte dieser Zauber allerdings. Der Bannkreis, der mich umgab und unnahbar machte, wurde durchlässig, löste sich auf. Das lag zum einen daran, dass sich meine Klassenkameraden an mein Aussehen gewöhnt hatten und es schon fast wieder als normal betrachteten, dass ich still – und an diesem Tag auch kaum zu erkennen – auf meinem Platz saß. *Die Missgeburt, die nicht spricht und von keinem angesprochen werden möchte.* Zum anderen lag es an unserer Lehrerin, Frau Dr. Kaltenbach.

Ich weiß nicht, ob es mit dem Doktortitel zu tun hat, dass man dafür eine gewisse Sensibilität einbüßen muss. Unser Schulleiter hatte sich mir gegenüber ganz ähnlich verhalten. Doch als mich Frau Dr. Kaltenbach erblickte, baute sie sich vor mir auf und stellte mich zur Rede. Wahrscheinlich betrachtete sie es als persönlichen Affront, dass ich mich nicht nur weigerte, mit ihr zu sprechen, sondern jetzt noch einen Schritt weiterging und auch optisch vor ihr verschwand.

Sie hatte nichts über den Zwischenfall in der Sporthalle erfahren, ganz sicher nicht. Und es war niemand da, der bereit war, es ihr zu erklären. Nicht einmal Isabell kam auf die Idee, ein paar Beleidigungen quer durch den Raum zu bellen, um es irgendwann wieder gut sein zu lassen. Stattdessen lag plötzlich etwas Lauerndes in der Luft. Es kündigte sich etwas an, ein Gewitter, ein Erdbeben – die Hoffnung auf eine erneute Bloßstellung. Ich konnte es deutlich spüren.

»Mariella, was zum Teufel soll dieses Theater?«, platzte es aus Frau Dr. Kaltenbach heraus. »Nimm sofort diese Brille ab, und diese alberne Kopfbedeckung, sonst ...«

Ich liebe Halbsätze. Das heißt, eigentlich hasse ich sie. Ich verachte es, wenn man einen Satz beginnt, ihn aber nicht zu Ende führt. Dieses »sonst« war zwar eindeutig, in seiner Weiterführung aber komplett deutungsoffen.

... sonst sitzt du nach!

... sonst gehen wir zu Herrn Dr. Melzer!

... sonst schlage ich dir alles aus dem Gesicht!

Es war vollkommen unklar, wie sich die Situation entwickeln würde. Ich blickte mich um, alle Augen waren auf mich gerichtet. Erwartungsfrohes Entsetzen starrte mir entgegen. Ich hatte die gesamte Aufmerksamkeit aller, was mir selten so unangenehm war.

Niemand verzog ein Gesicht – mit Ausnahme von Torben. Er hielt sich eine Hand vor die linke Gesichtshälfte, die meine rechte spiegelte, dort wo mich der Ball getroffen hatte. Hinter seiner Hand erkannte ich ein verzerrtes Grinsen, das meinen Schmerz nachäffte. Auch Isabell grinste, ohne etwas zu sagen, zu sehr genoss sie, was sich gerade anbahnte.

Frau Dr. Kaltenbach grinste nicht. Sie stand noch immer vor mir und stemmte die Hände in die Hüfte.

»Wird's bald!«, herrschte sie mich an.

Eine Antwort konnte sie schwerlich erwarten, dafür kannte sie mich schon. Doch die Sonnenbrille und die Basecap, über die ich noch immer die Kapuze gezogen hatte, waren eine Provokation, die sie nicht auf sich sitzen lassen konnte.

Ich wusste nicht, was ich tun sollte. Doch Frau Dr. Kaltenbach machte nicht den Anschein, nachgeben zu wollen. Also entschied ich mich mitzuspielen. Herrn Sonntag hatte ich am Tag vorher die Verletzung offenbart. Warum nicht auch ihr gegenüber?

Ich löste mich von meinem Stuhl und erhob mich. Fast war es wie Theater, wie bei dem Showdown in einem alten Westernfilm, bei dem sich beide Kontrahenten gegenüberstehen und nur auf eine Bewegung des anderen warten – einzig mit dem Unterschied, dass ich statt eines Revolvers langsam die Kapuze von meinem Kopf zog, und auch die Basecap legte ich vor mir auf den Tisch. Als Letztes setzte ich die Sonnenbrille ab und blickte Frau Dr. Kaltenbach direkt ins Gesicht.

Noch immer war es mucksmäuschenstill in der Klasse, niemand wagte es, einen Laut von sich zu geben. Wir waren uns so nahe, dass ich ihren Atem spüren konnte, und selten habe ich die Gemütslage eines anderen Menschen sich in so kurzer Zeit verändern sehen. Nicht einmal Herrn Sonntag war es gelungen, derartig zu erbleichen.

»O mein Gott!«, entfuhr es ihr. »Das tut mir leid, das wusste ich nicht … Wie ist das denn …?«

Für einen kurzen Augenblick hatte ich Angst, dass sie mir noch näher kommen würde, als sie es ohnehin schon war, und dass sie mich womöglich berühren oder sogar trösten wollte. Dann aber hörte ich aus dem Hintergrund eine mir nur zu vertraute Stimme, die sich bis in den letzten Winkel des Biologieraums Gehör verschaffte.

»Gestern im Sportunterricht. War einfach zu blöd zum Aufpassen.«

Bad look. Bad luck. Isabell war wieder ganz sie selbst. Und irgendwie war ich darüber ziemlich erleichtert.

※

Mariella
Wenn du die Wahl hättest:
Wärst du lieber blind als taub?

Stan
Wie kommst du
auf so was?

Ich arbeite gerade an
einer Art Ranking unbeliebter
Behinderungen.

Jede Behinderung
ist unbeliebt.

Manche sind es mehr
als andere.

Dann lieber taub
als blind.

Wieso das?

Taube können sehen,
wie andere hören.
Blinde aber nicht hören,
wie andere sehen.

Auszeit

Warum kommt das A an erster Stelle und das Z an letzter?
Weil man alle Buchstaben alphabetisch geordnet hat.

✳

Manchmal hat es fast etwas Komisches, Dinge aus sich selbst heraus
zu erklären. Die Begegnung mit Stan passierte, weil sie passieren
musste. Weil sich Zufall und Schicksal ein einziges Mal die Hand
reichten. Weil sich zwei Parallelen irgendwann berühren wie zwei
Bahngleise, die am Horizont scheinbar zusammenlaufen.

Vielleicht ist das ja zu platt, und ich rede mir nur etwas ein. Und
die Begegnung mit Stan ereignete sich gerade deshalb, weil sie sich
eben nicht ereignen sollte.

Bekanntlich gibt es dieses Gesetz, dass alles schiefgehen wird,
was schiefgehen kann.

Als ich an jenem Abend zum KuLa gelaufen war, wollte ich nichts
als Ruhe und niemandem begegnen. Genau das ist schiefgegangen,
und ich traf Stan, der die gleiche Absicht hatte wie ich, allein zu sein
und einfach in der Dunkelheit zu verschwinden. Wir hätten uns

beide an unterschiedliche Enden der Plattform setzen können und wären wieder nach Hause gegangen. Jeder für sich, ohne dem anderen auch nur eine einzige WhatsApp zu schreiben. Vielleicht wäre das das Beste gewesen, überlegte ich. Und in der Schule wäre alles nicht derartig eskaliert.

Den Handball hätte ich abbekommen, so oder so, und damit den Hass meiner Mitschüler. Mehr aber nicht. Wahrscheinlich wäre es vorbei gewesen. Ohne Stan hätte ich aufgegeben. Ich hätte kapituliert und mich damit abfinden müssen, so wie alle anderen, die nicht dazugehören.

Einzig die Möglichkeit, dass ich mich mit ihm jetzt austauschen konnte, half mir, mein Schweigen durchzustehen. Als wäre dieser Fremde ein Ventil. Oder wie ein Antrieb, der mir neue Kraft verlieh. Ich war nicht mehr allein, das bildete ich mir jedenfalls ein.

Vor Tagen hatte ich ihn ein einziges Mal getroffen und ein festes Bild von ihm, eine Vorstellung. So wie man eine Vorstellung von dem hat, was früher einmal passiert ist, wo sich die verschiedensten Eindrücke und Erlebnisse überlagern, um ein Bild zu ergeben, das es nie gegeben hat. Ganz ähnlich schien es mir mit Stan. Ich hatte ihn in der Dunkelheit kennengelernt, im Regen. Wenn ich ihm jetzt auf der Straße begegnen würde, würde ich an ihm vorbeilaufen, dessen war ich mir sicher. Ich wusste nicht, wie er aussah, nur ungefähr. Auch auf seinem Profilbild war nichts zu erkennen als eine Schwarz-Weiß-Aufnahme von Oliver Hardy.

Dick, nur ohne Doof.

Entweder war das ziemlich selbstironisch gemeint in Bezug auf seinen Namen, überlegte ich.

Oder ein Gruß an mich.

✻

Mariella

Kann man dich
eigentlich googeln?

Stan

Wieso?

Neulich auf dem Turm war
es so dunkel, dass ich dich
kaum erkennen konnte.

Und jetzt willst du wissen, wie
unglaublich toll ich aussehe?

Tust du es denn?

Auf einer Skala von 1 bis 10
klar im Minusbereich.

Stimmt, jetzt erinnere ich mich.

Kennst du van Gogh?

Der mit den vielen
Pinselstrichen im Gesicht?

Genau der.

Und so siehst du aus?

Nur ganz ohne Ohren.

Sehr konsequent.

Dich konnte ich aber auch
nicht gut erkennen …

Da hast du nichts verpasst.
Zumindest momentan.

Und wirklich?

Lange blonde Haare, Topfigur
und ganz viel Lippenstift.

Also genau das Gegenteil?

Aber schöner wie ein Stück Brot.

Vielleicht ging alles zu schnell.

Vielleicht war alles nur zu schnell für mich. Oder es konnte einfach nicht schnell genug gehen.

Das Wochenende verbrachte ich fast ausschließlich in meinem Zimmer. Ich wollte an keinen denken, niemanden sehen. Weder meine Mutter noch die Goldfische, die unten durch die Diele schwammen. Oder Isabell, Torben oder einen der Lehrer. Nur Stan hätte ich gerne wiedergesehen, was ich ihm so direkt aber nicht mitteilen konnte. Oder wollte.

Stattdessen las ich, hielt mit meinem Blick den Stapel ausgelesener Bücher fest, der noch immer auf dem Regal lag und sich nicht dazu durchringen konnte, in die Tiefe zu stürzen. Oder kritzelte Aphorismen auf die Tapete.

Aphorismen sind wundersame Sätze, aus denen man Kalenderblätter macht, die man dann Tag für Tag abreißen und wegwerfen kann.

✳

Mein Zimmer ist ein vieleckiger Raum.
In jeder Ecke eine zu viel.

✳

Unter meinem Bett hatten sich die Zitterspinnen in eine meiner Socken eingenistet. Wenn ich mit meiner Ordnung so weitermachte, würde wahrscheinlich bald der gesamte Raum zum Insektenhotel, überlegte ich, was mir nicht ganz unrecht wäre.

Manchmal tut Gesellschaft auch gut.

Dabei habe ich mich nie wirklich einsam gefühlt, ich war nur allein. Das ist paradox. Menschen, die immer umgeben sind von anderen, fühlen sich oft einsam. Diejenigen, die alleine sind, eben nicht.

Wahrscheinlich ist alles Übungssache.

Doch seit dieser Begegnung auf dem Turm fühlte ich mich ein wenig aus der Übung.

Ich legte mich auf mein Bett und versuchte, nicht an Stan zu denken.

Für Sekunden ist es mir sogar gelungen.

✳

Mariella
Sitzt du eigentlich gern
allein im Regen?

Stan
Warum allein?

Es sah neulich nicht so
aus, als würden gleich
deine hundert besten
Freunde kommen.

Die waren schon weg,
als du kamst.

Und du musstest noch
das Licht ausmachen?

Manchmal will man
einfach nur seine Ruhe
haben. Ergibt das Sinn?

Bei Gehörlosen unbedingt.

☺

Es gibt keine Abenteuer mehr.
Nur noch Urlaub.
Hat mal jemand gesagt.

Was meinst du
damit?

Dass alles überlaufen ist,
ausgetreten. Wenn man in der
Welt nichts mehr erleben kann,
muss man sie um sich herum
einfach ausblenden.

Und das kannst du nicht
mehr, etwas erleben?

Das schon. Doch alles spielt
sich im Kopf ab, ganz egal,
wo man ist.

Deshalb der KuLa.

Der KuLa in der Dunkelheit.

Perfekt zum Filme-
Schauen.

Dort oben?

Kopfkino geht ganz
ohne Ton.

Outlaw

Das Wort zum Sonntag:
Wochenendeende

＊

Am Montag traf ich Stan!

Oder er mich.

Ein Satz mit Ausrufezeichen.

Ich war vollkommen überrascht. Obwohl wir nicht verabredet waren und ich noch immer aussah wie eine Outlaw, die mit Sonnenbrille verkleidet und riesigem Hämatom unter dem rechten Auge durch die Gegend lief, war ich glücklich, ihn zu sehen. Die Farbpalette hatte sich über das Wochenende erweitert. Zum Blaulila war ein gelbliches Grün oder ein grünliches Gelb hinzugekommen, was es nicht wirklich besser machte. Nicht gegenüber Stan.

Er stand am Hoftor des Schulgeländes und hatte auf mich gewartet. Zunächst bemerkte ich ihn nicht. Wie ich vermutet hatte, wäre ich – ohne ihn zu erkennen – einfach an ihm vorbeigelaufen, so sehr war ich damit beschäftigt, mich möglichst unsichtbar auf den Nachhauseweg zu machen. Doch plötzlich tippte mir jemand auf die Schulter. Ich zuckte zusammen, in der Angst, dass es erneut Ärger geben würde. Niemand tippt mir auf die Schulter, nicht grundlos. Anstelle von Isabell oder Torben stand aber Stan vor mir.

Ich schielte kurz über den Rand meiner Sonnenbrille. Entgegen meiner Vorstellung hatte er gar keine dunklen Augen, sondern blaue. Das war zum Glück das Einzige, was ihn mit van Gogh verband. Stan hatte weder Pinselstriche im Gesicht noch einen roten Bart oder irgendetwas, was an diese Selbstportraits erinnerte. Stattdessen war sein Haar schwarz und nicht ausrasiert wie bei den meisten anderen Jungs, eher auf eine nette Art zerzaust. Er trug ein schlichtes weißes T-Shirt, Jeans, Chucks und eine dunkelgrüne Jacke über der Schulter. Nichts Besonderes, doch irgendwie gefiel es mir, wie er so vor mir stand.

Vielleicht war er nicht schön, überlegte ich, aber auch nicht im Minusbereich, wie er behauptet hatte. Niemand ist schön – oder alle sind es. Es gibt vermutlich keinen subjektiveren und zugleich oberflächlicheren Ausdruck als Schönheit. Und ich bin fest der Überzeugung, dass jeder Mensch das Recht darauf hat, in den Augen eines anderen als schön zu gelten. Insofern ist es ziemlich blödsinnig, jemanden als schön, weniger schön oder als abgrundtief hässlich zu bezeichnen, selbst wenn das andere gerne tun.

Stan war also weder schön noch unschön, nicht im allgemeingültigen Sinn. Was er allerdings konnte, war lächeln. Ich glaube, es gibt wenige Menschen, die das wirklich können. Irgendwie kann jeder den Mund verziehen. Es jedoch auf so eine unaufdringliche Art zu tun, die nichts und zugleich alles sagt, gelingt nur den allerwenigsten.

Stan lächelte.

Und ich lächelte zurück.

Zumindest versuchte ich es, im Vergleich zu ihm wird es mit Sicherheit linkisch und gekünstelt ausgesehen haben. Ich trug zwar keine Kapuze und keine Basecap mehr, ließ die Haare aber offen ins Gesicht fallen, um dieses grauenhafte Hämatom zu verdecken. Zudem hatte ich noch immer die Sonnenbrille auf, und jede Mimik bereitete mir Schmerzen. Glücklicherweise merkte ich davon nicht viel, nicht in diesem Augenblick.

Fast war es wie auf dem Aussichtsturm. Wir starrten uns für Sekunden an, ohne zu wissen, was als Nächstes passieren würde. Doch anders als vor ein paar Tagen blieb die Zeit nicht stehen, sondern schien zu rasen. Wie mein Herz. Es hörte nicht abrupt auf zu schlagen; stattdessen pochte es, dass selbst Stan es gehört hätte, wäre er nicht von Geburt an taub.

Obendrein wurde ich knallrot vor Scham und Freude zugleich. Ich hatte mich vor dieser Begegnung gefürchtet – und gleichzeitig gefreut. Und jetzt wusste ich nicht mehr, welches Gefühl überwog. Wir standen uns direkt gegenüber, noch näher, als mir Frau Dr. Kaltenbach gekommen war, und jeder Außenstehende hätte denken müssen, dass wir uns ziemlich gut kennen würden. Das Gegenteil war der Fall. Trotzdem war da etwas zwischen uns, was es einfach machte und eben nicht kompliziert und schwer und klebrig und all das, was einem die Luft abschnürt.

Hinzu kam, dass Stan nicht gebärdete. Vielleicht weil er wusste, dass ich ihn so kaum verstehen würde. Vielleicht aber auch, um mich nicht bloßzustellen vor allen anderen, die genau in dem gleichen Moment wie ich die Schule verließen. *Die Stille und ihr behinderter Freund.*

Natürlich hatte er noch beide Ohren, so wie jeder andere – und er trug Kopfhörer, *Airphones.* Für einen Moment fragte ich mich, ob er möglicherweise doch hören konnte oder ob er sich über mich als Hörende lustig machte. Vielleicht waren die Kopfhörer auch nur eine Art Tarnung, um nicht aufzufallen oder sogar angesprochen zu werden.

Ein Schutzschild so wie meine Sonnenbrille.

Das war mir am sympathischsten.

Dann tat Stan etwas, was mir vollkommen fremd war und niemals zuvor passiert ist. Er fasste mich an der Hand und zog mich mit sich fort. Und ich ließ es geschehen. Keine Sekunde länger an diesem Ort verschwenden, dachte ich mir. Bloß weg. Wir liefen still nebeneinander her, zunächst bis ans Ende der Welt.

Und dann noch ein Stück weiter.

✳

Mariella
Mach mal die
Musik leiser.

Stan
Ist gerade so schön.

Was hörst du?

Nichts.

Klingt gut.

Was soll das sein:
»klingen«?

✳

Die Welt ist rosa, wenn man nur die richtige Brille aufsetzt. Meine war nicht rosa, nur so stark getönt, dass alles verzerrt wirkte. Fast kitschig, doch ich fand es toll. Eigentlich kann ich Sonnenbrillen nicht leiden. Entweder sind sie ein Zeichen der Arroganz oder der Unsicherheit. Bei mir traf definitiv Letzteres zu, und ich hatte schreckliche Angst, sie abzunehmen, wenngleich das Hämatom unter dem Gestell für jeden zu erahnen war, der ein bisschen genauer hinschaute. Und das tat Stan, hinschauen. Wer nichts hört, kann sich ganz auf das Sehen konzentrieren. Der Gedanke hätte auch von

Dr. Baumann kommen können, der mir ja unterstellt hatte, eine gute Zuhörerin zu sein – oder sogar die bessere Sorte Mensch. Im Fall von Stan konnte das durchaus zutreffen, dachte ich mir, ohne dass ich ihm das verübeln konnte, zumal er genügend Taktgefühl besaß, mich nicht direkt mit dem zu konfrontieren, was mein Gesicht so unansehnlich machte.

*

Mariella
Du hast mich noch gar nicht
darauf angesprochen.

Stan
Worauf?

Auf mein phantastisches
Aussehen!

Man muss nur ungenau
genug hinsehen.

Heute kein Lippenstift?

Nur wenn ich laut singe
oder Vorträge halte.

Und das wurde kurzfristig
abgesagt?

Ausnahmsweise.

Aber schicke Brille!

Sauschick!
Trägt man so heutzutage.

Als Schutz vor der Sonne?

Vor Handbällen.

*

85

Wohin mich Stan führen würde, war mir nicht klar. Nichts war mir klar, aber das war vollkommen gleichgültig, solange wir zusammen unterwegs waren und uns von allem anderen entfernten. Natürlich liefen wir nicht Hand in Hand. Das wäre extrem albern gewesen – und wenig glaubwürdig, gerade für jemanden, der von sich behauptet, Aphephosmophobie zu haben. Doch vielleicht gab es diese Berührungsangst überhaupt nicht, wie so vieles, was man glaubt zu haben und sich letzten Endes nur einbildet. So wie Stan, der neben mir herlief. Vielleicht existierte er ebenfalls bloß in meiner Vorstellung. Ein Tag voller »Vielleichts«.

✳

Meine Mutter: Wer ist denn dieser Stan?
Isabell: Ein Ohrenkrüppel, zu blöd zum Hören.
Herr Thoma: Er existiert nur in ihrem kranken Kopf!
Herr Dr. Melzer: Vermutlich gibt es ihn gar nicht.
Goldfisch: Ein Phantom, nichts weiter.
Arvo Pärt: Schade, irgendwie hatte ich Gefallen an ihm gefunden.
Herr Sonntag: Was sagen Sie als Arzt dazu?
Dr. Baumann: Posttraumatisches Wunschdenken, nicht ganz untypisch für psychisch hoffnungslos Durchgeknallte.

✳

Doch Stan war real.

Alles fühlte sich echt und wirklich an. Seine Gegenwart, sein Lachen. Die Stille, die uns umgab.

Die Schule lag längst hinter uns, und wir liefen durch ein Wohngebiet mit schon älteren, in die Jahre gekommenen Häusern. Wohnblocks, Mehrfamilienhäuser mit unbegrünten Hinterhöfen, in denen ein paar Fahrräder standen. Ich war vorher noch nie in diesem Viertel gewesen, und erst jetzt bemerkte ich, dass es selbst in dieser Un-ter-Ober-Kleinstadt, in diesen Stadtteilteilchen Straßenzüge gibt, die mir fremd waren. Vielleicht wohnte Stan hier, überlegte ich, und er wollte mir sein Zuhause zeigen. Warum auch nicht? Es wäre mir sogar sehr viel lieber gewesen, wenn er hier wohnte und nicht in einer riesigen Villa mit Swimmingpool und dickem Auto vor der Tür. Mit meiner Mutter lebte ich ja selbst in keinem Palast – und das Einzige, was bei uns aus Gold war, waren die beiden Fische, die den ganzen Tag durch die Diele schwammen.

Stan schien genau zu wissen, wohin er wollte. Wir überquerten einen Spielplatz mit einem rostigen Klettergerüst, auf dem zwei kleine Kinder herumturnten. An einer Straßenecke befanden sich ein türkischer Supermarkt, ein Kosmetikstudio und eine Videothek, die mit Sicherheit schon länger geschlossen war.

Die Gegend sah nicht besonders einladend aus, dachte ich. Es roch aus den Containern, und von den Häusern blätterte der Putz. Von Kleinstadtidyll, wie ich es bislang kannte, war nicht viel zu er-kennen. Hier war es definitiv anders, interessanter. Das einzig Neue schienen die Graffitis an den Fassaden zu sein. Auf einem stand: TOD DEN TAUBEN!

Ich blieb kurz stehen und sah Stan an.

Der musste lachen und lief einfach weiter.

Mariella
Müsstest du so etwas nicht
persönlich nehmen?

Stan
Ich als Taube schon.

Man kann nicht sagen, dass unsere Konversation so etwas wie normal gewesen wäre. Sie war weder besonders tiefgründig noch wortreich. Doch sie war unkompliziert, lakonisch – und sie hatte eine Selbstverständlichkeit, die nur weniger Sätze bedurfte.

Wir liefen weiter still nebeneinander her durch diese für mich neue, unwirkliche Welt, in der wir es nicht einmal aus der Enge der Stadt geschafft hatten. Wir schauten uns an, und ab und an tippte einer von uns kurz auf seinem Smartphone, um dem anderen etwas mitzuteilen. Mir kam es vor, als wären wir wie die beiden Goldfische zu Hause, die eingesperrt in einem riesigen Aquarium erst herausfinden mussten, wo der Glaskasten ein Ende hatte. Von draußen würde uns irgendjemand beobachten und denken, wie unendlich grotesk wir waren.

Das ist ja eine grundsätzliche Überlegung. Mit der Ausnahme von Riesenschildkröten und ein paar anderen Kreaturen haben Tiere eine weitaus geringere Lebenserwartung als Menschen. Und wir sitzen draußen vor den Käfigen und Aquarien und glauben in unserer Überheblichkeit, unser Horizont sei um ein Vielfaches größer als eben bei Meerschweinchen, Wellensittichen oder Kaninchen. Vielleicht stimmt das ja auch. Dass wir aber selbst nur unter einer Art Käseglocke umherirren und von außen belächelt werden, kommt uns viel zu selten in den Sinn. Die Welt ist voller Parallelwelten, im Takt ihrer Gleichzeitigkeiten. Welten in Welten, die sich ineinanderschieben wie russische Matroschkas. Und in einer dieser Welten waren wir gerade gemeinsam unterwegs, ohne uns darüber austauschen zu müssen.

Nein, so ganz normal war das nicht, wie wir uns unterhielten. Wahrscheinlich gibt es so etwas überhaupt nicht, und man müsste sich fragen, was eine Konversation normal oder weniger normal macht.

＊

Mariella

Wusstest du, dass man
in der deutschen Sprache
zwischen abnormal,
anormal und unnormal
unterscheidet?

Stan

Was soll man da
unterscheiden?

Anormal heißt zum Beispiel:
nicht normal.

Also unnormal.

Genau.

Und abnormal?

Wenn etwas krankhaft
abweicht vom Normalen. So
verstehe ich es jedenfalls.

Und was ist dann
meine Behinderung?

Die ist großartig!

João

Die Top 5 meiner Lieblingsgerichte:

1. Über Nacht eingeweichtes Müsli
2. Zuckerwatte
3. Gegrillte Marshmallows
4. Noch warmer Vanillepudding
5. Buchstabensuppe mit ausschließlich weichen Konsonanten

※

Als ich elf oder zwölf war, lernte ich, geräuscharmes und lärmendes Essen zu unterscheiden. Leises Essen war gut, lautes dagegen nur der Anlass, noch lauter zu werden. Bananen, Aprikosen, Rosinen, nicht getoasteter Toast, Braten, Reis, Kartoffeln sind weiche Speisen und waren immer auch akustisch gut verträglich. Bei Äpfeln, Nüssen, Karotten, Knäckebrot, Cornflakes und vielem anderen platzte es aus meinen Eltern nur so aus sich heraus.

Medizinisch betrachtet nennt man das *Misophonie*. Das heißt, dass eigentlich normale, alltägliche Geräusche aggressiv machen.

Ich glaube, sowohl mein Vater als auch meine Mutter leiden unter einer sehr ausgeprägten Form dieser Misophonie. Anders kann ich mir diesen ganzen Streit zu Hause kaum erklären. Nicht zuletzt deshalb versuchte meine Mutter in der Regel Speisen zuzubereiten, die beim Essen weniger Geräusche verursachten. Bei dem Wort »verursachen« denkt man sofort an Unfälle, Katastrophen oder Krebsgeschwüre. Im Fall der Essgeräusche zu Hause passte der Ausdruck mindestens genauso gut, denn jede Art Geräusch verursachte einen Streit, der es mit allen Unfällen und Erkrankungen der Welt auf einmal aufnehmen konnte. Wenn es nicht der Braten war, war es das Geräusch des Messers, das auf dem Teller schnitt, das Kauen meiner Mutter oder das Schlucken meines Vaters.

Dass es aber das war, was es so unerträglich machte, wäre zu einfach. Es hat alles nur verschlimmert, im Haus der Geometrie. Alles war so geradlinig und scharfkantig, dass jeder Satz wie ein Geschoss in Richtung des jeweils anderen flog.

✳

Quadrate sind auch nur die Ausgeburt rechtwinklig denkender Menschen.

Das muss man sich nur immer wieder vergegenwärtigen.

✳

In der Regel verabredet man sich in einer Eisdiele oder geht zusammen ins Kino. Dass mich Stan an diesem frühen Nachmittag zum Essen einladen würde, wäre mir niemals in den Sinn gekommen. Doch genau das tat er. Nicht in irgendeinen Schnellimbiss, sondern in ein echtes Restaurant. Das war sein kleines Geheimnis. Dabei war es kein besonders schickes Lokal, wie man das vielleicht aus Filmen kennt, aber zumindest eins, in dem richtig gekocht und nicht nur aufgewärmt wird und wo man sich hinsetzt und mit Messer und Gabel isst. Im ersten Moment war ich ziemlich verunsichert – nicht in Panik – eher peinlich berührt. Ich hatte kein Geld dabei und wusste nicht, wie ich bezahlen sollte, wenn es dazu kommen würde. Doch Stan beruhigte mich. Er sagte, João sei ein guter Freund von ihm und er verlange kein Geld.

✳

Mariella
João?

Stan
Ihm gehört das Lokal.

Dann kocht er also
ehrenamtlich?

Nicht ehrenamtlich,
es ist ihm eine Ehre.

Eine Ehre, dass du in
seinem Restaurant isst?

Wir beide. Ich habe ihm
gesagt, dass du mitkommst.

Dieser João weiß, dass ich
mitkomme, obwohl ich
überhaupt nicht weiß, dass
ich eingeladen bin?

So was nennt man
auch Überraschung!

Der Handball letzte Woche
hat mich auch überrascht …

Das wiederum nennt man zickig.

✳

Stan kniff die Augen zu und lachte. Natürlich war ich zickig, speziell – doch auf eine Art, die ihm zu gefallen schien. So wie es mir gefiel, von ihm überrascht zu werden. Überraschungen sind per se nicht immer positiv und oft mit Enttäuschungen verbunden. Im Fall von Stan hatte ich allerdings ein gutes Gefühl, zumal ich ja nicht erwartet hatte, überrascht zu werden. Anders als an Geburtstagen beispielsweise, wo es eigentlich selbstverständlich ist, dass man überrascht werden soll, oftmals aber exakt das Gegenteil passiert. Dagegen war Stans Überraschung wirklich überraschend, genauso wie sein unerwartetes Auftauchen vor der Schule. Das Einzige, was mir – abgesehen von dem Geld, das ich nicht hatte – Angst machte, war, in diesem Restaurant bestellen zu müssen. *Wie sollte ich mich mit* diesem João verständigen, wenn Stan es nicht konnte? Würde ich eine Speisekarte in die Hand bekommen und würde es ausreichen, mit einem Finger auf das zu zeigen, was ich gerne essen wollte?

Keine hundert Meter weiter von dem Spielplatz entfernt bog Stan in einen der Hinterhöfe ein. Unter einem Vordach standen ein paar weiße Kunststofftische, an denen wohl schon länger niemand gesessen hatte. Doch um draußen zu sitzen, war es ohnehin zu kalt.

Stan öffnete eine sperrige Holztür, und es war das erste Mal, dass ich ein portugiesisches Lokal betrat. Ein schon älterer Mann mit nach hinten gekämmten Haaren und dunkler Weste über dem Hemd saß auf einem der Barhocker und sprang auf, als hätte er den ganzen Tag auf uns gewartet. Ansonsten war das Lokal leer, niemand sonst schien sich hierher zu verirren, nicht zu dieser Uhrzeit. Die Wand hinter dem Tresen war mit blau-weißen Fliesen verziert, und über dem Halbrund eines Türbogens, wo es offenbar zur Toilette ging, hing eine portugiesische Flagge.

Es gibt viele Menschen, die sich niemals in ein leeres Lokal setzen würden. Mein Vater behauptete immer, dass man an der Zahl der Gäste erkennen könne, wie gut oder schlecht das Essen sei. Ich glaube aber eher, dass er es alleine mit meiner Mutter und mir nicht in einem leeren Restaurant ausgehalten hätte. Trotz Misophonie brauchte er die Essgeräusche der anderen, um die eigenen in ihnen verschwinden zu lassen. Zudem war mit uns keine normal laute oder normal leise Konversation möglich. Mit mir ohnehin nicht. Wenn sich meine Eltern unterhielten, gab es oftmals nur die beiden Extreme: laute Vorwürfe oder eisiges Schweigen. Das ging so weit, dass wir erst weniger oft essen waren – und dann nur noch sehr, sehr selten.

✳

Stan
Darf ich dir João
vorstellen?

Mariella
Stans Freunde sind
auch meine Freunde.

Sehr pathetisch.

✳

Ich versuchte João anzulächeln. Wahrscheinlich missglückte es mir so wie zuvor bei Stan, als er mich abgeholt hatte. Ich verzog den Mund und merkte wieder, wie sehr mich noch das Hämatom über dem Wangenknochen schmerzte. Natürlich wollte ich nicht unhöflich sein, doch die Sonnenbrille abnehmen konnte ich auch nicht. João schien das nicht zu stören. Er breitete die Hände aus und nickte mir aufmunternd zu. Vielleicht hatte er es schon öfters mit etwas merkwürdigeren Menschen zu tun. Menschen, die weder mit ihm sprechen wollten noch in der Lage waren, ihn anzulächeln oder wenigstens zu grüßen.

Der Raum war nicht sehr hell, eher ein bisschen schummrig, wie mir auffiel. Ich liebe diesen Begriff »schummrig«. Er vermittelt sowohl eine gewisse Gemütlichkeit als auch etwas Konspiratives. Man kann nicht sagen, dass wir etwas Verschwörerisches an uns hatten, aber bislang hatte noch niemand ein Wort gesagt, und das Ganze ähnelte irgendwie einem geheimen Treffen in einem verrauchten, halbbeleuchteten Hinterzimmer, von dem niemand etwas mitbekommen durfte.

Ich blickte auf die Tische. Insgesamt gab es nur fünf, davon war ein einziger eingedeckt mit einem Tischtuch aus weißem Papier, Tellern, Gläsern und Besteck. Offenbar war das der Tisch, der für uns bestimmt war. João machte eine Geste in Richtung dieses Tischs und schob einen Stuhl in meine Richtung, damit ich mich setzen konnte.

Fast kam ich mir vor wie eine Dame, was ich beinahe etwas albern fand.

Dann setzte sich auch Stan und schaute mich fragend an, ob alles richtig für mich sei. Natürlich war es das, mehr als das. Ich war noch nie allein mit jemandem essen, doch so stellte ich es mir vor, wenn Menschen essen gehen, die sich noch etwas zu sagen haben.

Das mit dem Sagen war bei uns ja nur eingeschränkt möglich. Aber es funktionierte – mit dem Handy und dem, was ich von Stans Gesicht ablesen konnte, und er von meinem. Bloß João gegenüber waren wir beide hilflos. Und genauso schien es ihm mit uns zu gehen, denn noch immer sagte er kein Wort.

※

Stan
Er spricht kein Deutsch.

Mariella
Weil er Portugiese
ist?

So in etwa. Er ist auch
gehörlos, wie ich.
Aber er kann kein Deutsch.

???

Er gebärdet auf Portugiesisch.
Das ist ein bisschen anders.

Und jetzt bringst du es
ihm auf Deutsch bei?
Weil du Portugiesisch kannst?

Na ja, zumindest war
ich schon mal im Urlaub
dort und hab ein paar
Brocken aufgeschnappt.
Außerdem helfe ich ihm ein
wenig mit dem Papierkram.

Und dafür kocht er für dich?
Für uns.

*

Ich weiß nicht, wie ich geschaut hatte, doch Stan und dieser schon ältere weißhaarige Mann mussten beide lachen. Ich glaube kaum, dass João mitbekommen konnte, was Stan mir mitteilte. Vielleicht konnte er Lippen lesen, was jedoch genauso unlogisch war, wir hatten ja nicht gesprochen. Es war wohl meine Mimik, die verriet, wie verloren ich war.

Dann machte Stan etwas, was er zwar auf dem Turm, heute aber noch gar nicht getan hatte. Er sprach mit den Händen, ganz langsam, dass ich mir allein über die Gesten erschließen konnte, was er meinte. So ganz gelang mir das nicht.

*

Stan

Ich habe dich gefragt,
was du gerne
trinken möchtest.

Mariella

Hätte ich mir
denken können.

Und was möchtest
du gerne trinken?

Bitte ein Wasser.

Sprudel oder still?

Ganz still.

Hätte ich mir
denken können.

✳

IfaS (Institut für angewandtes Schweigen): *Mariella, Sie wollen uns also erzählen, dass Sie diesen Stan ein einziges Mal vorher auf dem Turm getroffen haben, und in der nächsten Woche lädt er Sie zum Essen ein?*

Ich: Was ist daran so ungewöhnlich?

IfaS: *Ihr Verhalten. Für Menschen wie Sie erscheint uns das sogar sehr ungewöhnlich.*

Ich: Ungewöhnliche Menschen, ungewöhnliche Begegnungen.

IfaS: *Verzeihen Sie, das klingt ein wenig salopp.*

Ich: Ich bitte um Entschuldigung.

IfaS: *Schon gut. Doch sagen Sie uns: Was war mit diesem João? Gehört er auch in dieses Sammelsurium der Ungewöhnlichkeiten?*

Ich: Durchaus. João ist ein wunderbarer Gastgeber, sein Gesicht besteht ausschließlich aus Lachfalten. Und genauso ungewöhnlich wie sein Gesicht, so ungewöhnlich komisch ist er!

IfaS: *Komisch? Können Sie uns das etwas genauer erklären?*

Ich: Als er servierte, hatte er sich eine Melone aufgesetzt, einen runden, schwarzen Hut!

IfaS: *Wir wissen, was eine Melone ist. Aber was ist daran so ungewöhnlich?*

Ich: Na, es war genau so ein Hut, wie Stan Laurel ihn in diesen Schwarz-Weiß-Filmen trägt.

IfaS: *Und das ist komisch?*

Ich: Verstehen Sie, João war Stan. Stan war Stan. Und ich war es ja auch, weil ich ja reden konnte, es aber nicht tat. So wie der Film-Stan gegenüber Olli, als dieser später taub wurde.

IfaS: *Sie hatten davon berichtet.*

Ich: Und jetzt waren da gleich drei Stans in diesem Restaurant.

IfaS: *Zum Totlachen.*

Ich: Sie veralbern mich.

IfaS: *Sie veralbern uns.*

Ich: Wollen Sie nicht wissen, wie es weiterging?

IfaS: *Ging es denn weiter?*

✳

Mit dieser Melone auf dem Kopf hätte João natürlich auch Olli sein können, der im Film bekanntlich einen ähnlichen Hut trägt wie Stan. Aber dafür war João nicht dick genug. Dementsprechend komisch war es, dass jeder von uns irgendwie auf seine Art Stan war, auch wenn natürlich keiner an das Original herankam. Vielleicht ist komisch nicht ganz der richtige Ausdruck, kurios trifft es bestimmt besser. Kurios bedeutet ja so etwas wie absonderlich, bizarr. Und das war es in der Tat. Die ganze Situation war kurios und bizarr. Die seltsame Schweigerin zusammen mit Stan und João, die beide in ihrer eigenen Sprache gebärdeten.

In Bezug auf Dick und Doof passt der Ausdruck sehr viel besser. Komisch im Sinn von lustig.

Ob die beiden wirklich noch so komisch oder lustig sind, muss jeder für sich selbst entscheiden. Ganz bestimmt sind sie nicht mehr zeitgemäß, aber zeitlos. Das ist ein Unterschied. Keiner würde die Mona Lisa oder ein Gemälde von Michelangelo, Rubens oder Rembrandt als modern bezeichnen. Dass sie allerdings große, einzigartige Kunstwerke sind, wird niemand bestreiten. Ganz ähnlich ist es mit Filmen oder Musik. Und wenn man bei Stan und Olli aus den 20er- und 30er-Jahren vielleicht nicht mehr alles zum Totlachen findet, sollte man sich einfach die Szene anschauen, in der die beiden abends in einer Bar sitzen, nicht wie Stan und ich bei João, eher in einem Nachtclub, sich mit Seifenlauge betrinken und dabei einen Lachanfall kriegen, weil sie denken, dass es hochprozentiger Schnaps sei. Ich glaube, das geht minutenlang, und irgendwann steckt es einen an. Ob man will oder nicht.

✳

IfaS (Institut für angewandtes Schweigen): *Es gibt also Dinge, die Sie zum Lachen bringen?*
Ich: Das ist doch nur natürlich, oder?
IfaS: *Sicherlich. Aber würden Sie nicht sagen, dass Lachen auch als Sprechen gilt?*
Ich: Ich weiß, worauf Sie hinauswollen.
IfaS: *Ist die Frage denn nicht berechtigt?*
Ich: Durchaus. Doch selbst Gehörlose lachen lautstark aus sich heraus. Unterstellt man ihnen deshalb, dass sie hören oder sprechen könnten?

✳

Ich habe es vorher noch nie bewusst erlebt, wenn sich Menschen mit Gebärden unterhalten. So langsam Stan mir gegenüber gebärdete, so schnell war er mit João. Ich konnte beiden nur zuschauen, wie sie mit Fingerzeichen, Händen, Gesten und ihrer Mimik aufeinander einredeten. Dabei fiel mir auf, dass Stan João mehrfach zu korrigieren schien. Wahrscheinlich machte er immer wieder ein paar kleinere Fehler, und Stan versuchte, ihm die deutsche Gebärde für seine portugiesische beizubringen. Dann musste er das, was er mit João besprochen hatte, mir übersetzen und anschließend wieder in die andere Richtung. Das machte das Ganze gleich doppelt kompliziert.

Doch Stan ließ sich nicht aus der Ruhe bringen. Er redete mit João, griff zu seinem Smartphone und übersetzte für mich, was João ihn gefragt hatte beziehungsweise worüber sich die beiden ausgetauscht hatten. Und danach dolmetschte er alles gleich wieder zurück.

Einmal legte João beide Hände übereinander und wackelte mit den Daumen. Stan schüttelte den Kopf und machte stattdessen eine wellenförmige Handbewegung von rechts nach links.

✴

Stan
João sagt, für die
Portugiesen sei Essen
sehr wichtig.
Und er möchte wissen,
ob du Hunger hast?

Mariella
Großen sogar!

Und er fragt, ob du
Fisch magst?

Ja, sehr gerne.
Goldfisch.

✴

> ### *Goldfisch Lissabonner Art*
> Schwierigkeitsgrad: simpel.
>
> ---
>
> Goldfisch ins Glas.
>
> Kaltes Wasser drauf.
>
> Stehen lassen.
>
> Fertig.
>
> Nach Belieben mit Trockenfutter, Wasserflöhen
> oder Würmern garnieren.

✳

Tatsächlich war der Goldfisch eine Dorade, auch wenn ich ihn mir als Goldfisch vorstellte, so wie er vor mir auf dem Teller lag.

João servierte ihn gegrillt mit Kartoffeln und Kohlgemüse.

Es war das erste Mal, dass ich keine Fischstäbchen, sondern richtigen Fisch aß.

Und es war das vielleicht tollste Essen, das ich jemals bekommen habe.

✳

Laurel: Hat sie jetzt den ganzen Fisch alleine gegessen, Olli? Ohne etwas abzugeben?

Hardy: *Du bist wirklich zu dämlich, Stan! Der andere hat doch genau das Gleiche bekommen.*

Laurel: *Ach so.*

✳

Das Wort »toll« kommt vermutlich in keinem Gastronomieführer vor. Präziser würde man Speisen mit Ausdrücken wie delikat, lecker, exquisit, fein, raffiniert oder köstlich beschreiben. Wenn man aber dieses Attribut »toll« wählt, will man vielleicht etwas ganz anderes beschreiben als nur die Qualität des Essens. Zumindest mir geht es so. *Toll* geht weit darüber hinaus.

Joãos Essen war gut, was es allerdings so toll machte, war sowohl die Atmosphäre als auch die Einzigartigkeit dieser Begebenheit.

Vielleicht war es nicht toll, eine gegrillte Dorade zu essen, zumal ich generell versuche, auf Fleisch oder Fisch zu verzichten.

Es war jedoch toll, in diesem portugiesischen Restaurant zu essen.

Es war toll, von João bekocht und bedient zu werden.

Und es war unglaublich toll, Stan gegenüberzusitzen und mit ihm zu schweigen und sich gleichzeitig zu unterhalten.

Auf dem Tisch standen keine Kerzen, und der Raum hatte abgesehen von einem schmalen Licht über dem Tresen nur jeweils eine tief abgehängte Lampe über jedem Tisch, von denen nur unsere brannte. Vielleicht fühlte ich mich deshalb so wohl. Wer hätte das gedacht, nach allem, was in den letzten Tagen passiert war? Mit Isabell, Torben, Frau Kreuzer und all den anderen, denen meine Wortlosigkeit suspekt war.

Ich fühlte mich sogar so wohl, dass ich mich traute, meine Maskerade abzulegen. João war kurz in der Küche verschwunden, um die Teller wegzubringen, da setzte ich die Sonnenbrille ab und legte sie vor mir auf den Tisch. Stan schaute mich die ganze Zeit über an und zuckte nicht ein einziges Mal, als er das Hämatom unter meinem Auge sah. Stattdessen blieb er ruhig und schenkte mir ein Lächeln.

Und ich grinste zurück.

Aristoteles

Tiere, die von uns Besitz ergreifen:

1. Kater im Kopf
2. Frosch im Hals
3. Hummeln im Hintern
4. Krebs in der Lunge
5. Schmetterlinge im Bauch

Davon sind mir letztere eindeutig die Liebsten.

✳

Am nächsten Morgen saß ich im Unterricht und konnte an nichts anderes denken als an den Nachmittag zuvor. Alles schien so unwirklich, so surreal – und unendlich weit entfernt. Ich wusste minutenlang überhaupt nicht, welches Fach wir gerade hatten. In Gedanken war ich noch immer in Joãos Lokal und saß Stan gegenüber. Wir unterhielten uns per WhatsApp – so wie wir es die ganze Zeit getan hatten. Dann machte Stan den Vorschlag, mir erste Grundlagen der

Gebärdensprache beizubringen. Das war großartig, eine Sprache sprechen, ohne sie zu sprechen. Zuerst lernte ich das Alphabet von A bis Z. Das war nicht ganz einfach und klappte am Anfang nur sehr langsam. Doch irgendwann konnte ich mit den Fingern meinen Namen buchstabieren.

M-A-R-I-E-L-L-A.

Bei dem L – so brachte es mir Stan bei – muss man nur einmal den Zeigefinger nach oben und den Daumen zur Seite spreizen, sodass man den Buchstaben L formt. Und weil das L in meinem Namen gleich zweimal hintereinander vorkommt, wischt man dieses L mit der Hand einfach von links nach rechts durch die Luft, und schon verdoppelt es sich.

Ich glaube nicht, dass ich sonderlich begabt bin, was das Gebärden betrifft. Trotzdem machte mir Stan bei jedem neuen Buchstaben Komplimente, wie gut ich schon sei und dass ich es mit Sicherheit schnell hinkriegen würde. Das war natürlich glatt gelogen. Aber es war eine Lüge, die mir in dem Moment ziemlich gut gefiel.

Überhaupt gefiel mir alles ziemlich gut. Stan war ganz er selbst. Bei allem, was ich tat, hatte ich das Gefühl, dass es exakt so sein sollte, wie es gerade war. Und selbst anders wäre es genauso richtig gewesen. Ich glaube, das hat mich am meisten beeindruckt: seine Unaufgeregtheit – egal, was um uns herum passierte. Auch wenn es ja nicht gerade viel war. Wir waren schließlich die einzigen Gäste dort, und João war die meiste Zeit in der Küche oder hinter dem Tresen.

Stan ließ sich nicht ablenken. Das ist ja eine grundsätzliche Überlegung. Wenn man auf einen seiner Sinne verzichten muss, gibt es einen Kanal weniger, der das Gehirn mit Informationen überflutet. Das kann ein riesiger Vorteil sein. Keine Geräuschkulisse, kein Lärm, kein Geschrei, das einen ablenkt und einem den letzten Nerv tötet. Wer permanent dieser Stille ausgesetzt ist, trägt sie irgendwann in sich und wird selbst zum Ruhepol. Das ist zumindest meine Meinung. Und ich frage mich, ob es unter Hörgeschädigten überhaupt so etwas wie Choleriker gibt oder andere hektische Typen, auf die die Menschheit getrost verzichten kann.

Ich selbst bin da vollkommen anders als Stan – weniger gelassen, komplett kopfgesteuert. Wenn ich durch die Stadt laufe, überlege ich mir schon vorher einen Weg, um möglichst vielen Menschen eben nicht zu begegnen. Bei Herrn Sonntag kurz nach der Sportstunde war mir das nicht so ganz gelungen. Vielleicht hatte das aber auch damit zu tun gehabt, dass ich noch leicht benommen war und kaum bis zur nächsten Straßenecke denken konnte. Allein aus diesem Grund hätte ich mir gewünscht, etwas mehr von Stan zu haben, von dem ich zwar das Gebärden lernte, doch nichts von seiner Art, Dinge auf sich zukommen zu lassen.

Der Nachmittag mit ihm war jedenfalls viel zu schnell zu Ende gegangen, und am Schluss hatte ich das Gefühl, mich die ganze Zeit mit ihm unterhalten zu haben – über Filme, Bücher, über Torben, Isabell oder den Stumpfsinn im Allgemeinen –, ohne aber irgendetwas über ihn zu wissen.

Ich wusste nicht, wo er wohnte.

Ich wusste nicht, ob er noch Geschwister hatte.

Ich wusste nicht, ob seine Eltern auch gehörlos waren.

Ich wusste nicht einmal, wie alt er war.

Ich wusste nur, dass es ihn gab.

※

Stan
Man sollte nicht schon
beim ersten Date alles über
den anderen erfahren, oder?

Mariella
Sonst hat man sich später
nichts mehr zu sagen?

Die Gefahr besteht.

Aber hatten wir denn
ein Date?

Na ja, wir waren essen.
Ich glaube, das
kann man so nennen.

Dann war das mein
allererstes Date!

Wie schön! Insofern ist es
doch nur gut, wenn es noch
einiges gibt, was erst nach
und nach herauskommt.

Das klingt so, als hätte man
etwas zu verbergen und müsste
sich gegenseitig überführen.

Sie haben natürlich das
Recht zu schweigen. Alles, was
Sie sagen, kann vor Gericht
gegen Sie verwendet werden.

Ich glaube, darin bin
ich Expertin.

✳

Es gibt unterschiedliche Arten zu schweigen.

Man kann beispielsweise ernst dabei sein – oder auch verbittert. Dann hat das Schweigen etwas Aggressives, Trotziges, was es zu einem lauten Schweigen macht. Wahrscheinlich war es das, was ich bislang getan hatte und was die anderen derart provozierte.

Es gibt aber auch die Möglichkeit, nichts zu sagen, vollkommen neutral oder sogar glücklich dabei zu wirken. Das war an diesem nächsten Tag in der Schule so.

Ich trug keine Sonnenbrille mehr.

Weil ich sie nicht mehr nötig hatte.

Natürlich war der Wangenknochen noch immer geschwollen und das Hämatom längst nicht verheilt. Im Gegenteil. Die Farbpalette unter meinem Auge war bunter denn je, doch selbst Stan hatte meinen Anblick ertragen, ohne gleich davonzurennen. Stattdessen erzählte er mir von einer ähnlichen Verletzung, die er sich irgendwann mit dem Skateboard zugezogen hatte und die wohl noch um einiges schlimmer gewesen sein musste als bei mir.

Die Narben von gestern seien die Geschichten von heute. Das klang wie ein dämlicher Kalenderspruch. Aber Stan hatte dabei so ein Funkeln in den Augen, dass ich mitlachen musste, was mir wieder bewusst machte, wie weh noch alles tat und dass das mit den Narben von gestern bei mir noch einige Zeit dauern würde.

Vielleicht erklärte ich auch deshalb an diesem Tag meine Maskerade für beendet. Ich war wieder die Alte, die schweigend auf ihrem Platz saß. Jeder konnte sehen, wo mich Torbens Handball in der letzten Woche getroffen hatte. Und es war mir vollkommen egal.

Oder auch am egalsten.

Egal im Superlativ, so war es tatsächlich.

Hinter meinem Rücken war ich natürlich noch immer Gesprächsthema, jetzt erst recht, was ich aber gekonnt ignorierte. Das heißt, ich ignorierte es nicht wirklich, sondern drehte mich sogar um, als ich jemanden meinen Namen tuscheln hörte.

In der letzten Reihe saßen Isabell, Torben und noch ein paar andere der Jungs, die sich einen Spaß daraus machten, sich über die *Narbenfresse* vor ihnen lustig zu machen. Doch so wie es mir bei Frau Dr. Kaltenbach gelungen war, gelang es mir auch jetzt. Ich duckte mich nicht weg. Der Nachmittag mit Stan wirkte noch nach – im positiven Sinn –, und ich muss so etwas wie ein Strahlen im Gesicht gehabt haben, ein glückliches Schweigen, was wohl genauso herausfordernd wirken kann wie ein ernstes oder verbittertes.

Damit hatten sie nicht gerechnet, dass ihnen jemand ins Gesicht lachte. Die Jungs blickten stumm vor sich auf den Tisch, als hätte ihnen jemand die Luft abgedreht, bis sie Isabell wieder zurück in die Gegenwart holte:

»Jetzt grinst die auch noch so bescheuert, die Fotze! Ich wette, die sagt nicht einmal einen Ton, wenn man ihr eine Knarre an den Kopf hält.«

✳

Stan
Findest du es eigentlich
affig, wenn Menschen
gebärden?

Mariella
Wie kommst du
denn darauf?

Ich würde es affig
finden, wenn ich wie
alle anderen hören
könnte, und neben mir
fuchtelt jemand mit
den Armen rum.

Nur weil ein paar wenige
etwas machen, heißt
es nicht, dass es für alle
anderen affig ist.

Aristoteles hat einmal
gesagt, dass das Gehör
die Pforte des Geistes ist.
Und wer keins hat,
ist bildungsunfähig.

Wer bitte schön
ist Aristoteles?
Ein Affe.

✳

Natürlich kenne ich Aristoteles, und er war mit Sicherheit kein Affe.
Doch das, was Stan da zitierte, zeigt nur, dass auch ziemlich kluge
Menschen manchmal dumme Sachen sagen.

Was ich über ihn weiß, hat mit seiner Art des logischen Denkens
zu tun, was ja nichts anderes heißt, als aus verschiedenen Aussagen
die richtigen Schlüsse zu ziehen. Ich glaube, man nennt es Syllogis-
mus. Aristoteles hat zum Beispiel folgende Gleichung aufgestellt:

Alle Menschen sind sterblich.
Alle Griechen sind Menschen.
Alle Griechen sind sterblich.

Das leuchtet mir ein, und das habe selbst ich als Nicht-Mathematikerin verstanden. Dabei liegt mir das unlogische Denken viel eher:

Alle Menschen haben Ohren.
Ohren haben Muscheln.
Muscheln haben keine Ohren.
Alle Menschen sind taube Schalentiere.

Ich habe keine Ahnung, ob es für derartigen Blödsinn eine Bezeichnung gibt.

✳

Herr Sonntag und seine Unterrichtsmethoden.

Seit unserer Begegnung nach der Sportstunde war ich ihm nicht mehr begegnet. Jetzt hatten wir wieder bei ihm Englisch, und ich konnte ihm ansehen, wie sehr ihn das bewegt haben musste, was mit meinem Gesicht passiert war. In der vierten Stunde kam er in die Klasse und stellte sich wortlos vor sein Pult.

Das kannte man von ihm. Normalerweise begrüßte er uns zwar mit einem schlichten »Hällo« oder »Gut Morning«. Im Anschluss daran ordnete er aber erst einmal seine Materialien, wischte die Tafel oder überprüfte die Anwesenheit. Das war ein festes Ritual, und wir hatten uns daran gewöhnt, mit dem eigentlichen Unterricht erst Minuten später anzufangen.

An diesem Morgen war es anders. Seine Wortlosigkeit hatte einen ganz anderen Tonfall. Er verzichtete auf eine Begrüßung. Stattdessen suchte er mit jedem Einzelnen von uns Augenkontakt, bis er sich der gesamten Aufmerksamkeit sicher sein konnte.

Man kann nicht sagen, dass Herr Sonntag eine natürliche Autorität ausstrahlt oder übergroßen Respekt genießt. Trotzdem schafft er es irgendwie, die Klasse einigermaßen in den Griff zu bekommen. Ein gewisses Grundrauschen ist allerdings nie abzustellen, was es nicht immer einfach macht, dem Unterricht zu folgen.

Diesmal aber verstummten selbst Isabell, Torben und die anderen, die sich sonst einen Spaß daraus machten, nur das Allernötigste zu tun, um nicht voneinander weggesetzt oder verwarnt zu werden.

Herr Sonntag verzichtete an diesem Morgen darauf, die Arbeitsblätter zu ordnen oder zu kontrollieren, wer fehlte. Entgegen seiner Gewohnheit hielt er dieses Mal einen Stapel weißer Blätter in der Hand. Er ging durch die Klasse und legte jedem ein Blatt auf den Tisch. Vor mir blieb er stehen, nickte kurz, als wären wir geheime Verbündete, und reichte anschließend auch mir ein Blatt.

Dann stellte er sich an die Tafel und schrieb:
The sheet of paper remains silent. What does it say?

Die Frage war subtil. Und auf mich gemünzt.

Das musste selbst den Stumpfsinnigsten unserer Klasse einleuchten, dachte ich zumindest – wenigstens denen, die die Worte *remains silent* übersetzen konnten.

Das Blatt Papier schweigt, was sagt es dir?

Doch vielleicht täuschte ich mich, denn mindestens die Hälfte der Klasse stierte ratlos nach vorne oder begann zu tuscheln, was Herr Sonntag von uns wollte.

Das Blatt schweigt, sollten wir es nun zum Reden bringen?

Genau genommen waren die beiden Sätze an der Tafel keine eindeutige Aufgabenstellung; vielmehr war es eine Frage, die wir entweder still für uns beantworten sollten oder mithilfe des Blattes, das vor uns lag. Wir hatten keine Ahnung.

Herr Sonntag blieb allerdings dabei. Er weigerte sich, mit uns zu reden und das, was an der Tafel stand, genauer zu erklären. Ich glaube, man nennt so etwas stummen Impuls. Wenn es nach ihm ginge, überlegte ich, würde er seinen gesamten Unterricht aus einer Endlosreihe stummer Impulse gestalten, was ich persönlich sehr sympathisch fände. In diesem Fall war sein Vorgehen aber eine Metapher auf mich und mein Schweigen, und das war mir eher unangenehm. Es rückte mich in eine Mitte, in der ich nicht sein wollte.

※

Teachers don't have feelings.
McSundae shows empathy.
McSundae is no teacher.

※

IfaS (Institut für angewandtes Schweigen): *Wie soll man sich das vorstellen, liebe Mariella? Jeder saß vor einem leeren Blatt und philosophierte über die Doppeldeutigkeit dieser beiden Sätze an der Tafel?*
Ich: So in etwa. Die Resultate waren natürlich entsprechend.
IfaS: *Inwiefern?*
Ich: Nun, lassen Sie es mich so ausdrücken: An der Breite der kreativen Lösungen erkennt man die Eindeutigkeit der Aufgabenstellung.

✳

Selbst wer die Aussage verweigert, trifft eine Aussage. Das gilt sogar für ein leeres Blatt. Genau das war es, was wir erkennen sollten, was aber nicht jedem klar war. Demzufolge durfte man sich nicht wundern, dass einige ihr Blatt zerknüllten, zerrissen oder Papierflieger daraus bastelten. Vielleicht hatte Herr Sonntag derartige Reaktionen einkalkuliert, er ließ sich jedenfalls nicht aus der Ruhe bringen. Nach gut einer Viertelstunde ging er erneut durch die Klasse, sammelte die Blätter wieder ein – beziehungsweise das, was davon übrig war – und pinnte sie an eine Stellwand. Dann gab er uns ein Zeichen, nach vorne zu kommen und die Ergebnisse zu begutachten.

Die Angespanntheit der ersten Minuten war längst der üblichen Unruhe gewichen. Und durch das allgemeine Durcheinander, das jetzt entstand, traute selbst ich mich, mir das anzuschauen, was der stumme Impuls bei meinen Mitschülern ausgelöst hatte.

Allzu viel war es nicht. Sofern es nicht zerknüllt im Papierkorb gelandet war, hatten die meisten ihr leeres Blatt entweder mit irgendwelchem unverständlichen Blödsinn vollgekritzelt oder gleich leer abgegeben. Mir selbst fehlte der Mut, mein Blatt sprechen zu lassen, so wie es sich Herr Sonntag vielleicht gewünscht hatte. Für mich hätte das aber nach Anklage ausgesehen. Oder nach einem Versuch, zusätzliche Aufmerksamkeit zu bekommen. Genau das wollte ich nicht.

Mein Blatt blieb leer und hing neben den zahlreichen anderen weißen Blättern vorne an der Stellwand. *The sheet of paper remains silent. It doesn't say anything.*

Wahrscheinlich wäre Herr Sonntags Unterrichtsmethode vollkommen ins Leere gelaufen, hätten dann nicht doch noch zwei Blätter mit Texten vorne gehangen, die sich mit der Aufgabenstellung ernsthaft auseinandergesetzt hatten.

Das erste Blatt war von Frida.

Frida ist genau wie ich eher ein stilles, unscheinbares Mädchen in der Klasse. Da ich aber noch stiller bin, absolut still, fällt sie weniger auf als ich, eigentlich gar nicht.

Im Schwarz verstummt das lauteste Grau.

Nicht einmal mir war sie aufgefallen, sie hatte nie meine Nähe gesucht, weder sie meine noch ich ihre. Frida saß meistens etwas abseits und hatte sich auch nicht von Isabell, Torben und den anderen anstecken lassen, wenn es darum ging, andere bloßzustellen oder mich zum Reden zu bringen. Sie hatte mit den anderen so wenig zu tun wie ich. Deshalb wunderte es mich umso mehr, dass sie kein leeres oder ideenlos vollgeschmiertes Blatt abgegeben hatte. Im Gegenteil. Auf ihrem Blatt stand so etwas wie ein Gedicht, das ich mir gleich mehrfach durchlesen musste, so besonders fand ich es:

Speak. Talk. Cry.
Mention. Think.
Whisper. Argue.
Scream. And shout.
Piece of paper
Fucks up like an
Open wound.
Painful. Threatening. Loud.

Ich weiß nicht, ob ich die Aussage gleich verstand. Wollte sich Frida mir gegenüber solidarisch erklären, oder hatte sie nur etwas gegen Herrn Sonntags Unterrichtsmethoden? Vielleicht beides. Ich wartete auf ein Zeichen, eine Art Bekenntnis, dass sie das Gedicht mir gewidmet hatte. Ich wusste, dass sie mich beobachtete, während ich ihren Text las. Ich spürte ihren Blick. Doch in dem Moment, in dem ich mich umdrehte, blickte sie zu Boden, als wäre da etwas. Ich schaute nicht weg. Da hob sie kurz ihren Kopf und nickte mir zu, so, dass es kein anderer sehen konnte, und so, als dürfte es auch sonst niemand sehen. Ich nickte zurück und versuchte zu lächeln. Ich glaube, es gelang mir sogar, denn Frida verzog ihren Mund ebenfalls zu einem Lächeln; allein das machte es aus, dass ich mich von jetzt auf gleich nicht mehr ganz alleine fühlte.

Ich hätte ihr gern noch etwas unter das Blatt geschrieben, *Frida(y)s For Future* oder irgendetwas Geistreicheres. Aber genau in der Sekunde, in der ich nach einem Stift tastete, fiel mein Blick auf das zweite Blatt vorne an der Pinnwand, was meine Wunde unter dem Auge wieder schmerzhaft pochen ließ.

»DU BIST TOD, OPFER!«, stand dort mit rotem Filzstift. Der Name des Autors oder der Autorin befand sich natürlich nicht darunter. Doch an dem D in TOD erkannte ich Isabells Beitrag.

✳

Das Schöne an dem Wort K-O-P-F-V-E-R-L-E-T-Z-U-N-G ist, dass das Wort O-P-F-E-R bereits enthalten ist.

Klaus

Nach der sechsten Stunde war mein Handy weg.

Normalerweise wäre mir das nicht aufgefallen. Während des Unterrichts ist es ohnehin verboten, das Smartphone zu benutzen, und selbst danach vergesse ich es meistens, zumal ich eher selten auf sozialen Netzwerken unterwegs bin.

Selten bis gar nicht.

Das heißt allerdings nicht, dass meine Welt vollkommen analog und von gestern ist. Wie die meisten habe ich Fotos und Musik gespeichert. Und ich bekomme das mit, was ich mitbekommen will. Alles andere ist mir suspekt. Dabei bin ich mir ziemlich sicher, dass da sehr viel von diesem Anderen ist, gerade über mich. Im Klassenchat oder über Insta.

Ich weiß zum Beispiel, dass Fotos oder Filme von mir geteilt wurden, die mich genau in dem Augenblick zeigen, als ich in der Turnhalle am Boden liege. Es waren nur wenige Sekunden, die aber ausgereicht haben, um mich in aller Öffentlichkeit bloßzustellen.

Im Prinzip ist es mir egal, ob man sich im Netz lustig macht oder über mich in echt, wie ich mit Basecap und Sonnenbrille über das Schulgelände laufe. Es macht keinen Unterschied.

Nicht ganz egal war mir dann allerdings das Handy beziehungsweise dessen Verlust.

Ich hatte einen Verdacht, ganz sicher war ich mir nicht.

Ich konnte es auch verloren haben, am Vortag bei João beispielsweise.

Oder ich hatte es zu Hause vergessen.

Das war ziemlich unwahrscheinlich. Ich hatte es immer in meiner Tasche in einem Seitenfach mit Reißverschluss. Und ich erinnerte mich, es genau dort verstaut zu haben, bevor ich an dem Morgen zur Schule gegangen war.

Nach dem Englischunterricht bei Herrn Sonntag waren wir noch zwei Stunden im Physik-Raum gewesen. Dort musste es weggekommen sein. Dort oder auf dem Weg dorthin. Jemand war an der Tasche gewesen, beweisen konnte ich nichts. Ich konnte keinen Verdacht äußern, nicht einmal den Verlust konnte ich anzeigen. Ich konnte gar nichts.

Das war aber nicht einmal das Schlimmste. Viel schlimmer als ein möglicher Diebstahl war die Tatsache, dass das Handy der einzige Weg war, um mit Stan Kontakt aufzunehmen. Eine andere Möglichkeit hatte ich nicht.

※

Arvo Pärt: Erst wurde sie verletzt, jetzt bestohlen.
Herr Thoma: Dass jemand so etwas tut?
Herr Dr. Melzer: Smartphones kommen plötzlich abhanden.
Ein Dichter: Wie anderen Leuten ein Stock oder Hut.
Torben: Üble Geschichte, dem sollte man nachgehen!
Isabell: Unbedingt.
Herr Sonntag: The schoolbäg remäins seilent. Whot does it say?

※

Ich hatte nur zwei Nummern gespeichert: die meiner Mutter – und die von Stan.

Meine Mutter war nicht das Problem; mit ihr schrieb ich nur, um mich über das Nötigste auszutauschen oder von ihr in Ruhe gelassen zu werden. Doch wie konnte ich Stan erreichen? Ich war verzweifelt. Ich wusste nicht, wo er wohnte. Ich hatte keine Ahnung, wie ich ihn kontaktieren sollte. Ich hatte mir nicht einmal gemerkt, in welche Richtung er am Abend vorher gegangen war. Da war es schon fast dunkel. Ich war ziemlich eilig nach Hause gelaufen, um nicht erneut Ärger zu bekommen. Und jetzt gab es keinen einzigen Weg, um ihn zu erreichen.

Als ich das Schulgelände verließ, hatte ich die Hoffnung, dass er mich wieder am Ausgang abpassen würde. So wie am Vortag. Doch Stan war nicht da, wieso auch? Wir hatten uns nicht verabredet, das hätten wir später per WhatsApp getan, ganz bestimmt. Aber das war nun nicht mehr möglich.

Ich hätte versuchen können, Joãos Lokal zu finden, und dort auf ihn warten.

Oder ich hätte zum KuLa laufen können und hoffen, dass Stan zufällig auftauchte.

Eine andere Idee hatte ich nicht. Doch vielleicht hatte ich mich tatsächlich geirrt und das Handy zu Hause vergessen. Ich wusste, dass das nicht sein konnte. Trotzdem wollte ich sichergehen, und ich beschloss, daheim nachzusehen.

In zehn Minuten würde ich zu Hause sein.

In zehn Minuten würde ich wissen, ob ich das Handy dort vergessen hatte.

In zehn Minuten hätte ich die Gewissheit, ob ich Stan erreichen konnte – und er mich.

Hätte ich diese gottverdammten zehn Minuten nur nicht damit verschwendet!

IfaS (Institut für angewandtes Schweigen): *Nanu, mit einem Mal so impulsiv? Das kennen wir gar nicht von Ihnen.*

Ich: Was meinen Sie?

IfaS: *Sie wirken doch sonst so besonnen, so rational. Plötzlich zeigen Sie ein Temperament, das im Gegensatz zu dem steht, was wir bislang über Sie wissen. Fast scheint es, als verlören Sie die Kontrolle über die Situation.*

Ich: Temperament im negativen Sinn nehme ich an?

IfaS: *Materielle Gründe können wir wohl ausschließen.*

Ich: Natürlich, was interessiert mich dieses verfluchte Smartphone?

IfaS: *Bitte, bleiben wir doch sachlich. Meinen Sie nicht, liebe Mariella, wenn Sie diesem Stan tatsächlich etwas bedeuten sollten, würde er nicht von sich aus auf die Idee kommen, mit Ihnen Kontakt aufzunehmen?*

Ich: Was soll das werden? Der Diebstahl meines Handys als Freundschaftsbeweis, den Stan erbringen muss, weil ich ihn nicht erreichen kann?

IfaS: *Ist das so abwegig? Nach Ihrer ersten Begegnung auf diesem Aussichtsturm haben Sie ihn ja auch versetzt – und er hat die Initiative ergriffen.*

Ich: Glauben Sie wirklich, dass sich so etwas ständig wiederholen lässt?

IfaS: *Warum nicht? Er scheint ja mehr über Sie zu wissen als Sie über ihn. Folglich auch über Ihre Unzuverlässigkeit, aus der er nur die richtigen Schlüsse ziehen muss.*

Ich: Ich bin nicht unzuverlässig. Ganz im Gegenteil, auf mich kann man sich sehr wohl verlassen!

IfaS: *Uns brauchen Sie das nicht zu erklären, aber diesem Stan. Er wird vermutlich ganz anderer Meinung sein.*

Ich: Was wissen Sie schon?

IfaS: *Zum Beispiel, dass hinter Ihrer ganzen Emotionalität – oder nennen wir es besser: Wut – noch etwas ganz anderes steckt, oder? Etwas, das mit Ihrem Freund nicht unmittelbar zu tun hat, eher mit Ihrem Elternhaus.*

Ich: Allerdings. Aber woher wissen Sie …?

IfaS: *Wir haben unsere Quellen.*

Ein Klotz aus Schwein
und Teig und Geld
und Menschenmasse.
Kein Herr von Welt,
wohl aber doch
der Herrenrasse.
Adrett gekleidet
in feinem Zwirn,
doch gänzlich ganz
ganz ohne Glanz
und Hirn. Nur glatt
und kahl und schmierig,
von Grund auf gierig,
das Maul voll Schaum,
das Worte bellt
und um sich beißt.
Ein Kerl, der kaum
die Tochter kennt
und sich dummdreist
mein Vater nennt.

✳

Zu Hause wartete er auf mich.

Ein großer, bulliger Mann, mit dem ich zufällig verwandt war.

Das ist schon merkwürdig, wir lieben Menschen, die wir unter normalen Umständen – wenn sie uns fremd wären – verachten würden. Ganz egal ob sie lügen, intrigieren, korrupt sind oder das Schicksal anderer, auf welche Weise auch immer, auf dem Gewissen haben. Allein die Tatsache, dass sie unsere Eltern sind, scheint sie liebenswert zu machen.

Das ist vollkommen irrational. Wenn man davon ausgeht, dass

ein ziemlich hoher Prozentsatz an Menschen, der an den Schaltstellen der Macht sitzt, alles andere als auf ehrlichem Weg dorthin gekommen ist, ist eine derartige Liebe vollkommen unbegründet. Und mein Vater sitzt an einer dieser Schaltstellen – mit Sicherheit keine allzu große; er hat aber genügend Einfluss, um auf der Sonnenseite des Lebens einen Liegestuhl in der ersten Reihe zu ergattern. Das hatte er selbst einmal über sich gesagt. Allein das war mir suspekt.

Ich hatte ihn über ein Jahr nicht mehr gesehen, seit ich mit meiner Mutter von ihm getrennt wurde und wir hierhergezogen waren. Seine Anrufe hatte ich still entgegengenommen oder ignoriert – und jetzt saß er da. Breitbeinig auf dem Sofa.

Meine Mutter hockte am Esstisch und starrte zu Eis gefroren aus dem Fenster. Wahrscheinlich hatten sie sich wieder gestritten und waren verstummt, als ich die Haustür aufschloss.

Mein Vater trug einen grauen Anzug und ein blassrosa Hemd mit weißem Kragen. Die Krawatte hatte er abgelegt, überlegte ich, um eine gewisse Lässigkeit vorzutäuschen und diese Begegnung wenigstens halbwegs vertraut erscheinen zu lassen.

»Da bist du ja endlich«, begrüßte er mich.

Ich nickte. Ja, da war ich, was wenig verwunderlich war, schließlich wohnte ich hier. Doch er war auch da. Und das war umso verstörender.

»Klaus war zufällig in der Gegend«, taute meine Mutter auf. »Das heißt, nicht zufällig, ich …«

»Deine Mutter hat mich angerufen«, unterbrach sie mein Vater in einem Ton, der keine Widerworte zuließ. »Wir müssen reden.«

Er stand auf und wollte auf mich zugehen. Intuitiv wich ich einen Schritt zurück. Reden. Was sollte das bedeuten? Ich rede nicht, das sollte mittlerweile selbst er bemerkt haben, dachte ich. Aber vielleicht war es wie mit Herrn Dr. Melzer, der sich ja unterhalten wollte, ohne mir als seinem Gegenüber zuhören zu müssen.

»Du sprichst kein Wort. Du treibst dich bis spätabends rum. Und jetzt diese hässliche Verletzung im Gesicht! Deine Mutter macht sich Sorgen!«

Sie macht sich Sorgen, dachte ich. Nicht er. Mehr gab es dazu nicht zu sagen.

»Mariella«, wandte sich meine Mutter an mich. »Ich kann das nicht mehr. Ich habe alles versucht, aber … ich kann das einfach nicht mehr. Diese ganze Wortlosigkeit, dieses kranke Schweigen. Was habe ich nur falsch gemacht? Wir … was haben wir falsch gemacht? Sprich mit uns!«

An ihrer Stimme merkte ich, dass sie geweint haben musste. Oder kurz davor war, es zu tun.

»Da hörst du es, deine Mutter ist vollkommen am Ende! Was hast du nur gemacht, du gottlose Brut! Du mit deiner Ignoranz und Selbstgefälligkeit!«

Das Gesicht meines Vaters färbte sich leicht rötlich. Ich wusste, was jetzt kommen würde. Doch noch während ich über die Begriffe Gottlosigkeit, Ignoranz und Selbstgefälligkeit nachdachte und überlegte, auf wen die Begrifflichkeiten wohl am ehesten zutreffen würden – auf ihn, meine Mutter oder mich –, setzte sich mein Vater wieder auf das Sofa. Damit hatte ich nicht gerechnet. Normalerweise verschärfte sich sein Ton, wenn er etwas nicht begreifen konnte, und er schlug mit der flachen Hand auf einen Tisch oder sonst etwas, was sich in Reichweite befand, um wenigstens körperlich Eindruck zu machen.

»Es ist …«, fuhr er fort, »verdammt noch mal – nur zu deinem Besten!«

Ich verstand kein Wort. Was sollte zu meinem Besten sein? Dass mein Vater wieder bei uns einzog, dass diese ganzen Streitereien von vorne begannen, dass das Besteck wieder quer durch den Raum flog?

»Ich, wir …«, stammelte meine Mutter und versuchte, meinem Blick standzuhalten. »Klaus und ich haben beschlossen, dass du zurück zu deinem Vater ziehst.«

Ich.

Klaus.

Dein Vater.

Als sorgten sich gleich drei Personen um mein Wohlbefinden.

Vielleicht hätte ich mich geschmeichelt fühlen sollen.

Alles andere war der Fall, nur das nicht. Ich konnte es nicht fassen. Mein Vater war gekommen, um mich abzuholen. Vielleicht für immer – oder zumindest so lange, bis ich volljährig bin. Da wäre mir die von meiner Mutter angedrohte Polizeistreife vor ein paar Tagen beinahe lieber gewesen.

Was schoss mir in diesem Augenblick nicht alles durch den Kopf?

Wenn mich mein Vater tatsächlich mitnähme, überlegte ich, käme ich auf eine neue Schule. Oder meine alte. Ich müsste keinen meiner Mitschüler mehr sehen, Stan allerdings auch nicht, den ich ohne Handy nicht einmal erreichen konnte. Stattdessen würde ich bei meinem Vater leben, und das wäre tausendfach schlimmer als alle Dr. Melzers, Kreuzers, Isabells und Torbens zusammen.

Wie sehr ich ihn in diesem Moment hasste.

Nüchtern betrachtet wäre spätestens jetzt der richtige Zeitpunkt gewesen, alles sein zu lassen, alles aus sich herauszulassen. Die ganze Wut, die sich über die letzten Tage, Wochen und Monate angestaut hatte. Die unendlich vielen Worte, die ich aufgespart hatte, um sie demjenigen entgegenzuschleudern, der sie angeblich so vermisste. Wahrscheinlich wäre dann alles wieder gut gewesen. Einfach so. Ich hätte wieder mit meiner Mutter geredet, ich hätte ihr den Verlust meines Handys gebeichtet, ihr von den Vorfällen in der Schule erzählen können, von Isabell, Torben, von Stan, João, Frida, von dem Aussichtsturm und, und, und.

Alles hätte sich wieder eingerenkt, von jetzt auf gleich. Ich hätte bloß den Mund aufmachen müssen, und mein Vater wäre, ohne weiter um sich zu schlagen, wieder verschwunden und hätte uns in Ruhe gelassen. Aber ich konnte nicht.

Dafür hatte ich zu lange durchgehalten, als aus einem dumpfen Impuls heraus alles aufzugeben. Nichts würde sich ändern. Nur ich hätte mich geändert, hin zur Normalität. Zu dem, was als normal gilt. Die Verrückte hätte sich wieder besonnen, würde man sagen. Sie sei zur Vernunft gekommen, sei wieder eingenordet. Man braucht ihr bloß ein wenig drohen, und schon tickt sie wieder normal. Als wäre normal gleichbedeutend mit gut. Und was ist dann besser als gut, das Nicht-Normale? Das hatte ich ja bereits versucht Stan klarzumachen.

Stan.

Was war mir wichtiger? Er oder meine Sturheit? Ich kannte ihn doch gar nicht. Was bildete ich mir ein? Und wollte ich ihn überhaupt kennenlernen? Er mich?

Ich musste nachdenken.

Ich machte auf dem Absatz kehrt, stürmte die Treppe hoch in mein Zimmer und schloss mich ein.

✳

Meine Mutter: Das hast du toll hingekriegt, bravo!
Mein Vater: Spar dir deinen Zynismus!
Meine Mutter: Ich zynisch, bei dieser …
Klaus: Ausgeburt?
Meine Mutter: Klaus, ich …
Mein Vater: Was?
Meine Mutter: Ich kann das nicht mehr.
Klaus: Ich kann das nicht mehr, ich kann das nicht mehr. Dein Selbstmitleid, diese permanente Weinerlichkeit – es kotzt mich so an!
Meine Mutter: Du hast keine Ahnung, wie sie mich …
Mein Vater: Diese verfluchte Göre!
Klaus: Die tanzt dir auf der Nase rum, und du unternimmst nichts!

Meine Mutter: Ich unternehme nichts? Alles habe ich versucht, alles!
Sogar einen Arzt habe ich …
Mein Vater: Einen Hausarzt!
Klaus: Lächerlich.
Dr. Baumann: Verzeihung?
Mein Vater: Warum haben Sie sie nicht gleich in die Klapse …?
Dr. Baumann: Es bestand überhaupt keine Veranlass…
Klaus: Und dich gleich mit!
Meine Mutter: Bitte?
Klaus: Dich und deine Tochter.
Mein Vater: Ihr beide.
Klaus: Ihr seid doch schizophren!

✳

Sorgerecht heißt nicht immer, dass man sich darüber streitet, wer sich um das Kind kümmern darf, sondern, wer sich zu kümmern hat. Anfangs dachte ich, dass das jeder wollte. Jetzt ist mir klar, dass sie sich damals darüber gestritten hatten, wer mich nehmen musste. Meine Mutter hatte verloren und mein Vater dafür bezahlt. Gerade so viel, dass wir die letzten Monate hier leben konnten.

✳

Das Smartphone war nicht in meinem Zimmer. Ich suchte überall, im Bett, unter der Wäsche, zwischen den Büchern und Zeitschriften, im Insektenhotel, im Reich der Zitterspinnen. Es war das erste Mal, dass ich meine Unordnung verfluchte. Das Handy war nirgends zu finden, was mir aber schon vorher klar war. Es musste unterwegs aus der Tasche gefallen oder mir in der Schule gestohlen worden sein, das wusste ich nun sicher. Eine andere Möglichkeit gab es nicht. Und damit auch keinen Weg, Stan zu erreichen.

Doch wie sollte es weitergehen? Ich konnte mich nicht die ganze Nacht über in meinem Zimmer einschließen und darauf hoffen, dass mein Vater am nächsten Morgen verschwunden sein würde.

Er würde nicht lockerlassen, so gut kannte ich ihn. Vielleicht könnte ich etwas Zeit gewinnen, überlegte ich. Nur wozu? Ich musste etwas unternehmen, um hier rauszukommen und Stan zu finden, und genau das tat ich.

Ich fing an aufzuräumen.

✳

IfaS (Institut für angewandtes Schweigen): *Wie bitte, haben wir Sie da richtig verstanden? Ihr Vater wollte sie mitnehmen, und Sie räumten auf, um diesen Stan zu finden?*

Ich: Natürlich.

IfaS: *Sie meinen …?*

Ich: Ganz richtig, alles musste raus.

✳

Früher habe ich für jedes neue Kleidungsstück ein altes aussortiert und weggeschmissen.

Mittlerweile schmeiße ich nur noch weg.

✳

Ich fing an mit den Jacken und Pullovern.

Ich öffnete das Fenster und warf sie der Reihe nach raus in den Garten. Es war fast schön anzusehen, wie sich manche kurz in der Luft drehten und dann kreuz und quer auf dem Rasen oder in den Blumenrabatten landeten. Ich verlagerte die Unordnung von drinnen nach draußen. Ein Wintermantel verfing sich in einem Buchsbaum, ein dunkelblaues Oberteil landete zusammengeknäult im Rosenbeet. Danach waren die Schuhe, die Socken und die Unterwäsche dran. Anschließend ein Fotoalbum, ein Spiegel, die Kleiderbügel und der kleine Teppich unter meinem Schreibtisch.

Mir war gar nicht bewusst gewesen, wie viele überflüssige Sachen ich besaß.

99 Prozent aller Dinge braucht man 99 Prozent seiner Zeit nicht. Das trifft bei Erwachsenen wahrscheinlich noch viel eher zu als bei mir. Einen Laubbläser, ein Glätteisen, eine Blumenvase, Seifenkugeln, Tischdeckchen, Untertassen, ein 20-teiliges Teeservice, einen Zweit- oder Drittwagen. Alles Gegenstände, die ich noch nicht besitze. Und die ich hoffentlich nie besitzen werde.

Umso befreiender ist es dann, sich von Dingen zu trennen. Man entledigt sich seiner Sachen und erleichtert dadurch sich selbst. Das war aber nicht der eigentliche Grund, warum ich alles aus dem Fenster warf, es war nur eine sehr positive Begleiterscheinung.

Als ich bei den Möbeln angelangt war, donnerte es gegen die Tür.

Ich hatte gerade den Schreibtischstuhl auf die Fensterbank gestellt, um ihn nach unten zu stoßen, da hebelte mein Vater von außen das Schloss auf.

»Bist du wahnsinnig? Drehst du jetzt komplett durch?«, brüllte er mich an.

Längst hatte er einen hochroten Kopf, und mir war klar, dass er gleich mit der flachen Hand oder sogar der Faust auf etwas einschlagen würde, um seinem Ärger Luft zu verschaffen. Vielleicht sogar auf mich. Dieser Unberechenbarkeit musste ich zuvorkommen.

Ich gab dem Schreibtischstuhl einen letzten Stoß, dass er krachend auf einer der Steinplatten vor dem Hauseingang aufschlug, nahm meine Reisetasche, in die ich vorher das Nötigste gestopft hatte, nickte meinem Vater zu und lief an ihm vorbei die Treppe hinunter.

Ich war abfahrbereit.

Das heißt, so ganz war ich es noch nicht.

Meine Mutter stand reglos in der Küchentür und starrte mich an. Sie war kreidebleich – entweder weil ich gerade dabei war, alles zusammen mit mir auszuziehen, oder weil sie sich bewusst war, mich so schnell nicht wiedersehen zu müssen.

Sollte ich mich von ihr verabschieden, erwartete sie das von mir? Ich war mir nicht ganz sicher.

Mein Vater kam nach mir die Treppe runter und versperrte den Ausgang. Ich hatte keine Ahnung, was als Nächstes passieren würde. Einerseits würde er am liebsten auf mich einprügeln, dachte ich. Andererseits konnte er froh sein, dass ich mehr oder weniger freiwillig beim Umzug geholfen hatte und jetzt bereit war, in seinen Wagen zu steigen und mit ihm zu kommen.

Unter mir knarrte der Boden.

Mein Blick fiel auf die beiden Goldfische, die unbeeindruckt durch die Diele schwammen, als hätten sie kein Gespür für die Auseinandersetzung zwischen meinen Eltern und mir. Was dachten diese Tiere den ganzen Tag? Dachten sie überhaupt, diese verfluchten Viecher mit ihrer rötlich goldenen Fischhaut?

Aus der Kommode unter dem Aquarium kramte ich eine größere Plastiktüte, groß genug für zehn Packungen Milch. Oder ein Dutzend Konservendosen. Ich zögerte nicht lange und zog den Beutel mit beiden Händen geöffnet durch das Wasser.

Die Fische mussten mit, ganz egal, was meine Mutter dazu sagte.

Sie gehörten mir, und jetzt wollte ich sie bei mir haben.

Meine Mutter blieb noch immer stumm.

Sie hatte sie für mich gekauft. Und wenn ich jetzt gehen musste, mussten es auch die Fische.

Ich drückte die Plastiktüte oben zu, damit nichts rausschwappte, griff mit der anderen Hand meine Reisetasche und wandte mich zum Gehen. Mein Vater öffnete die Haustür, und eine Minute später saß ich neben ihm im Wagen – bereit, alles hinter mir zu lassen.

Freischwimmer

Mariella

Können sich Fische
eigentlich unterhalten?

Stan

Blub.

Blub, blub?

Wahrscheinlich
kommunizieren sie
wie Indianer.
Nur mit Luftblasen
statt Rauchzeichen.

Eine Luftblase für ja,
zwei für nein?

Eine Art Gebärdensprache
unter Wasser.

Perfekt geeignet für
Taucher ohne Arme!

Davon soll es ja auch
unglaublich viele geben.

Wie man hört, aber nur
halb so viele wie beinlose
Astronauten!

Ich glaube, sie
senden elektrische Signale.
Hab ich mal gelesen.

Die beinlosen Astronauten?

Fische.

So, als hätten sie
eingebaute Smartphones?

Blub.

✳

Auf sein Auto war mein Vater immer stolz. Es gehört der Firma, in der er arbeitet, und er darf es nicht nur geschäftlich nutzen, sondern auch privat.

Wahrscheinlich gibt es Hunderttausende Menschen, die in ihren Jobs Autos fahren. Ich glaube aber kaum, dass jemand mit einem UPS- oder DHL-Lieferwagen, Stadtbus oder einem Traktor in seiner Freizeit durch die Gegend fahren würde, selbst wenn er es dürfte, und auch noch stolz darauf wäre.

Bei meinem Vater ist das anders. Das hängt wohl damit zusammen, dass vorne auf der Kühlerhaube ein ziemlich großer Stern prangt, innen drin alles mit Holz und weichem Leder ausgestattet ist und der Wagen generell als ziemlich teuer gilt.

Ich weiß nicht, wie man auf etwas stolz sein kann, was einem nicht einmal gehört.

Ich weiß gar nicht, wie man überhaupt auf etwas stolz sein kann.

Vielleicht ist Stolz auch ein ganz falsches Gefühl, das uns kaputt und einsam macht. Schließlich ist man nur stolz auf etwas, was nicht selbstverständlich ist, was anderen eben nicht gelingt und was uns von diesen anderen abgrenzen soll.

Stolz sein auf seine Herkunft, auf sein Aussehen, auf sein Einkommen.

Stolz. Stolzer. Am stolzestesten.

In der Schule ist Stolz die Antriebsfeder für gute Noten. Das heißt nichts anderes, als herauszustechen, über dem Durchschnitt zu liegen und dem Rest zu zeigen, wie es mal so richtig geht. Je besser man selbst ist, umso schlechter müssen die anderen sein.

Wie gesagt, ohne Gut kann es kein Schlecht geben. Und umgekehrt.

Vielleicht müsste man Stolz einmal rückwärts denken und dann stolz sein, wenn man es schafft, unter dem Durchschnitt zu liegen und den anderen den Vortritt zu lassen.

Von solch einem Denken ist mein Vater allerdings Lichtjahre entfernt. Ich saß neben ihm im Wagen und starrte auf seine weißen Knöchel, die das auf Hochglanz polierte Wurzelholz seines Lenkrads umklammerten, während ich in einer Hand noch immer den Plastikbeutel mit den Fischen hielt.

Mein Vater sagte kein Wort.

Weder er noch Klaus.

Und das war gut so.

✳

Stan
Apropos Smartphone …

Mariella
Yep?

Du hattest deins verloren?

So ähnlich.

Was heißt so ähnlich?

Es war einfach weg.

Wie können wir uns
dann jetzt unterhalten?

Wir unterhalten uns ja
nicht nur jetzt, sondern
gleichzeitig über uns.

Gleichzeitig?

Gleichzeitig im Sinn
von auch.

So wie man denkt
und über das Gedachte
nachdenkt?

Mit dem Unterschied,
dass man das später
ändern kann.

Anders als das,
was man tut.

Das kann man nur bereuen.

Und?

Was meinst du?

Bereust du etwas?

Alles.
Das weißt du doch.

※

Ohne den Verlust meines Handys wäre ich nie bei meinem Vater eingestiegen. Wahrscheinlich wäre ich nach der Schule auch nicht direkt nach Hause gelaufen, und er hätte bis zum späten Abend auf mich warten müssen, was er dann wiederum bestimmt kaum getan hätte.
So kam alles anders.

Ich musste dieses Smartphone wiederbekommen, und dafür war es notwendig, erst einmal aus dem Haus zu gelangen und jetzt aus diesem Wagen. Bis zum Wohnort meines Vaters würde es knapp eine Stunde dauern, überlegte ich. Er würde hinter dem Ortsausgang auf die Schnellstraße fahren, und spätestens dann wäre alles zu spät. Ich konnte nicht aus einem fahrenden Auto springen, ohne mich noch stärker zu verletzen, als ich es ohnehin schon war.

Ich brauchte einen Plan.

Kurz vor der Auffahrt gibt es eine Kreuzung mit einer Ampel. An guten Tagen ist die Ampel immer grün, und man braucht nicht einmal vom Gas zu gehen, um aus dem Ort zu kommen. Dieser Tag war aber kein guter, zumindest wünschte ich es mir. Ich wünschte es mir so sehr, dass die Ampel tatsächlich gerade auf Gelb sprang, als wir wenige Meter davon entfernt waren. Für einen Moment dachte ich, dass mein Vater noch einmal beschleunigen würde, um nicht anhalten zu müssen, um es noch zu schaffen, gerade so. Normalerweise hätte er das wahrscheinlich auch getan. Was kümmerten ihn irgendwelche Ampelphasen? Doch auf dem Gehsteig wartete eine Frau mit Kinderwagen, und vielleicht hatte er davor dann doch zu viel Respekt.

»Diese blöde Kuh!«, entfuhr es ihm, als er scharf abbremste. »Die weiß gar nicht, was sie sich da antut.«

In dem Augenblick, in dem unser Auto direkt auf der Haltelinie zum Stehen kam, sah ich kurz zu ihm rüber. Mit steifem Rücken blickte er nach vorne. Ich musste schnell sein, es war vielleicht die letzte Chance. Ich holte tief Luft und schleuderte meinem Vater den Plastikbeutel mit den beiden Goldfischen direkt auf den Schoß. Ich glaube, das war sehr intuitiv, was ich da tat. Lange darüber nachdenken konnte ich nicht.

Das Wasser schwappte über seinen Sitz.

Die beiden Fische schossen aus der Tüte, ein Fisch zappelte kurz auf dem Armaturenbrett hinter dem Lenkrad, bevor er nach unten in den Fußbereich glitt. Der andere landete zwischen den klatsch-nassen Beinen meines Vaters, der im ersten Moment überhaupt nicht begreifen konnte, was ich gerade getan hatte.

»Was zum Teufel ...?«, brüllte er mich an.

Noch bevor er den Satz beenden konnte, sprang ich aus dem Wagen. Ich verlor keine Sekunde. Die Tür ließ ich offenstehen. Sollte mein Vater selbst sehen, wie er weiterfahren konnte. Allein.

»Halten Sie sie auf!«, hörte ich es lautstark hinter mir.

Die Frau mit dem Kinderwagen stand noch immer an der Ampel und verstand ziemlich schnell, was hier gerade vor sich ging. Sie schenkte mir ein Lächeln und langte in ihre Handtasche.

Entweder wollte sie mit dem Handy alles festhalten.

Oder sie suchte nach dem Notruf für im Straßenverkehr verun-glückte Goldfische.

✳

Goldfisch schwäbische Art
Schwierigkeitsgrad: sehr simpel.

Goldfisch aus dem Beutel.
Kaltes Wasser ins Wageninnere.
Fertig.
Nach Belieben schon während der Fahrt servieren.

✳

Ich weiß gar nicht, über was sich mein Vater am meisten aufregte. Darüber, dass ich die Flucht ergriff. Oder über die beiden Fische, die jetzt durch sein Auto schwammen.

Ich lief, so schnell ich konnte, zurück in die Stadt, um aus seinem Sichtfeld zu verschwinden, sollte er tatsächlich versuchen mir zu folgen. Hinter der nächsten Häuserecke bog ich in eine Nebenstraße und dann wieder in eine Nebenstraße der Nebenstraße. Das ist das Gute an Kleinstädten, überlegte ich, dass es fast nur kleinere Straßen gibt, die sich wiederum mit anderen kleineren Straßen kreuzen, bis alles ein wirres Geflecht ist, das keiner mehr so ganz durchblickt.

Irgendwann gelangte ich zum Fluss. In der Ferne war der Kirchturm zu sehen, und ich hatte eine grobe Orientierung, wo ich mich befand. Mein Vater hatte es sicher aufgegeben, nach mir zu suchen, sofern er das überhaupt getan hatte. Wahrscheinlich war er viel zu sehr damit beschäftigt, die beiden Goldfische zu versorgen, wie auch immer.

Natürlich taten mir die Fische leid, und es widerstrebt mir generell, Tiere zu quälen oder zu töten. In dem Fall heiligte aber der Zweck die Mittel, wenn es so etwas gibt. Wie sonst hätte ich aus dem Auto entkommen können? Und wenn mein Vater überhaupt irgendwelche menschlichen Züge besitzen sollte, würde er die beiden Fische einfangen und mithilfe einer Wasserflasche oder des Kühlwassers seines Autos retten, zumindest hoffte ich das.

Was mich betraf, hatte ich gar keine Vorstellung, wie es weitergehen sollte. Ich hatte kein Geld dabei, zudem trug ich nur einen Kapuzenpulli. Noch kam es mir recht warm vor, was aber auch an der ganzen Aufregung liegen konnte. Wenn ich heute draußen übernachten müsste, würde ich frieren. Doch selbst das wäre besser, überlegte ich, als zurück nach Hause zu laufen, um dort wieder einzuziehen, wo ich eben gerade ausgezogen war.

Ich lief am Fluss entlang und sah den Enten zu. Wenn mir das Smartphone gestohlen worden war, musste ich herausfinden, wer der Täter war. Und da gab es nur zwei Personen, die dafür infrage kamen. Dummerweise hatte ich keine Ahnung, wo Isabell oder Torben wohnten oder wo sie sich gerade aufhielten.

IfaS (Institut für angewandtes Schweigen): *Das ist ja fast spektakulär, was Sie uns da auftischen, liebe Mariella.*

Ich: Ich höre da schon wieder eine gewisse Ironie heraus.

IfaS: *Verzeihen Sie, wenn dem so ist. Aber wie Sie da den Tod der beiden Goldfische billigend in Kauf nehmen, um Ihrem Vater zu entfliehen, zeugt von einer gewissen Kaltblütigkeit, die wir Ihnen so nicht zugetraut hätten.*

Ich: Sie nennen es kaltblütig, ich kaltschnäuzig, das ist ein Unterschied.

IfaS: *Mit Verlaub, das nehmen wir Ihnen so nicht ab. Diese Aktion mit den Fischen hatten Sie bereits geplant, noch bevor Sie sie aus dem Aquarium fischten.*

Ich: Ein gewisser Vorsatz lässt sich nicht leugnen.

IfaS: *Und das können Sie mit Ihrem Gewissen vereinbaren?*

Ich: Gewissenlos sind nur diejenigen, die nie irgendwelche Vorsätze hatten.

IfaS: *Das lassen wir mal so stehen. Ein Wort noch zu Ihrer Mutter …*

Ich: Aber ich habe vorhin schon …

IfaS: *Dass Ihr Vater ein ziemliches Ekel ist, haben wir ja nun verstanden. Doch was ist mit ihr? Hatte sie es ebenfalls verdient, mit Ihrem Schweigen bestraft zu werden?*

Ich: Das möchte ich nicht kommentieren.

IfaS: *Nur eine kurze Erklärung bitte …*

✹

An seine Eltern denkt man immer dann, wenn es einem nicht gut geht. Bei mir ist es umgekehrt. Sobald ich an sie denke, geht es mir schlecht.

Über meinen Vater muss ich kein Wort mehr verlieren. Meine Mutter ist schon deshalb kein bisschen besser, weil sie jahrelang nichts gesagt hat, als es noch etwas zu sagen gab. Konsequenterweise hätte ich mich schon früher verweigern sollen, mit ihr zu reden. Dass ich das erst seit der Trennung mache, liegt daran, dass mir zu spät klar wurde, wie sehr sie Teil einer schweigenden Mehrheit ist, die nicht schweigt, sondern das Gegenteil tut: eine Mehrheit, die redet, um zu reden, die sich das Maul zerreißt und sich den ganzen Tag über nichts anderes austauscht als Belanglosigkeiten.

Würde ich unter *selektivem Mutismus* leiden, würde ich ausschließlich mit bestimmten Personen reden. Ich habe aber keine psychische Störung, auch wenn das auf andere vielleicht so wirkt.

Menschen gebrauchen im Durchschnitt über 15 000 Wörter am Tag.

Meine Mutter kommt bestimmt auf das Doppelte.

Man nennt das auch Logorrhö, krankhafte Geschwätzigkeit.

Das ist wie Diarrhö. Nur aus dem Mund heraus.

Ich halte es einfach nicht mehr aus.

Das ist alles.

✳

Herr Thoma: Was soll das sein, dieser selektive Mutismus?
Arvo Pärt: Der Mut, mit Leuten wie Ihnen eben nicht mehr zu reden.
Dr. Melzer: Mutig.

✳

Nachdem ich sicher sein konnte, dass mir mein Vater nicht mehr folgte, setzte ich mich an den Fluss, wobei die Bezeichnung Fluss nicht ganz richtig ist. Der Fluss ist ein Kleinstadtflüsschen und nicht breiter als ein größerer Bach. Ein Unter-Ober-Fluss. Schwer vorstellbar, warum sich die Menschen früher ausgerechnet hier niedergelassen haben, wo es doch so viele stattlichere Flüsse gibt, die diese Bezeichnung auch verdienen.

Ich starrte auf das schwarztrübe Wasser, ohne einen klaren Gedanken fassen zu können.

Schachspieler können ihre nächsten tausend Züge im Voraus bestimmen. Ich war nicht einmal in der Lage, bis dorthin zu denken, wo der Fluss unter einer riesigen Weide zu verschwinden schien. Je später es wurde, umso weniger Leute liefen an mir vorbei. Ein paar Radfahrer fuhren flussabwärts, ohne mich wahrzunehmen. Kurz darauf ein älterer Mann mit Hund und eine Frau mit Kopftuch, die es ziemlich eilig hatte, nach Hause zu kommen. Insgeheim hoffte ich, dass Stan an der nächsten Ecke auftauchen würde. Dann könnte ich mir die sinnlose Suche nach dem gestohlenen Handy sparen. Natürlich passierte das nicht. Stan saß zu Hause bei seiner Familie, so stellte ich es mir vor, und aß zu Abend. Seine Eltern waren ebenfalls gehörlos, oder wenigstens ein Elternteil, die Mutter, und ihre Finger flogen nur so durch die Luft, um sich durch ihre Gebärden von dem zu erzählen, was sie tagsüber erlebt hatten.

Es war dabei fast still am Tisch, da niemand redete, sondern dem anderen aufmerksam zuschauen musste, weil er sonst nichts mitbekam. Die Ruhe wurde nur alle paar Minuten durch ein lautstarkes Lachen unterbrochen, wenn irgendjemand etwas Komisches erzählte, zum Beispiel über die vielen Fische in Joãos Restaurant, die in Portugal anders heißen als in Deutschland. Oder über Laurel und Hardy. Oder über das merkwürdige Mädchen, das Stan auf diesem Aussichtsturm kennengelernt und zum Essen eingeladen hatte.

Laute oder leise Speisen würden keine Rolle spielen, dachte ich mir. Höchstens der Vater könnte den Unterschied hören, ohne sich aber aufzuregen. Nach dem Abendessen räumten alle zusammen den Tisch ab und verstauten die Reste in Brotdosen, Kühl- oder Gefrierfächern – zusammen mit den 15 000 Wörtern, die für jeden an diesem Abend noch übrig waren.

Frida

Als ich vor Joãos Restaurant stand, war es spät. Das heißt, ich stand nicht davor, sondern auf dem Spielplatz, der sich in unmittelbarer Nähe befindet. Am Fluss hatte ich es nicht mehr länger ausgehalten, dort würde ich Stan ganz bestimmt nicht treffen. Ich lief bis zur Stadtmitte, in die Nähe der Schule, und folgte dann dem Weg, den ich am Tag zuvor zusammen mit ihm gelaufen war, in der Hoffnung, irgendwo oben ein Fenster zu sehen, in dem er gerade stand.

Das war natürlich Unsinn. In hell erleuchteten Zimmern sieht man gewöhnlich nie irgendwelche Menschen, und in denen mit verschlossenen Jalousien sowieso nicht. Alles kam mir plötzlich so absurd vor, meine gesamte Unternehmung.

Irgendwann befand ich mich wieder auf dem Spielplatz, der jetzt leer war und wo keine kleineren Kinder mehr auf irgendwelchen Gerüsten turnten. Ich setzte mich auf eine Schaukel und ließ die Beine baumeln. Die ganze Gegend um mich herum war ruhig. Fast war es schön, alleine hier zu sein. Sogar die Vögel hatten aufgehört, wie wild zu zwitschern. Nur vereinzelt liefen ein paar Menschen in einiger Entfernung am Spielplatz vorbei, ohne sich an meiner Anwesenheit zu stören.

Ich hielt mich mit beiden Händen an der Schaukel fest und holte Schwung. Das hatte ich seit Jahren nicht gemacht, und es tat mir in dem Moment unglaublich gut, die Füße in den Abendhimmel zu strecken und dabei die Augen zu schließen.

Schaukeln macht schlau, heißt es ja immer, weil es den Gleichgewichtssinn schule und damit die gesamte Motorik beziehungsweise Entwicklung des Gehirns. Ich fühlte mich in dem Moment unglaublich dumm. Wahrscheinlich hätte ich Stunden oder Tage auf dieser Schaukel zubringen können, ohne irgendeine Erleuchtung zu bekommen. Wie gesagt, bei meinem ganzen Gehirnlappenapparat muss einiges durcheinandergekommen sein, überlegte ich, dass ich so tickte, wie ich eben nun mal tickte.

Ich verfluchte mein Denken. Selbst wenn ich es schaffen sollte, das Smartphone wiederzubekommen und Stan damit zu kontaktieren, hätte ich noch immer keine Idee, wie es anschließend weitergehen würde. Ich kannte Stan überhaupt nicht. Und er mich genauso wenig. Einen Nachmittag hatten wir zusammen verbracht, und schon bildete ich mir ein, dass er mich mögen könnte. Und ich ihn?

War ich verknallt? Was sollte das überhaupt sein? Ich war noch nie in irgendjemanden verknallt, abgesehen davon, dass ich das Wort ganz schrecklich finde.

Sich verknallen. Eine geknallt bekommen. Abgeknallt werden.

Das 3-Stufen-Modell einer nicht ganz perfekten Beziehung.

Meine Eltern befanden sich erst auf Stufe 2, was wohl auch besser so war.

Wenn mich Stan auslachen und wegschicken würde, müsste ich zurück zu meiner Mutter, überkam es mich. Das müsste ich so oder so. Doch es wäre mir tausendmal lieber, wenn mich Stan dabei begleitete. Vielleicht würde sie dann ja verstehen, dass man manchmal einfach den Mund halten muss, um alles wiedergutwerden zu lassen.

✳

In Joãos Restaurant war Licht. Natürlich. Es war ja Abend, und die meisten Gäste kommen erst nach der Arbeit, um dort zu essen. Ich schlich durch den Hinterhof bis vor den Eingang, um durch den Türspalt erkennen zu können, ob Stan drinnen an einem der wenigen Tische saß und vielleicht gerade beim Essen war. Was würde ich dann machen? Mich einfach dazusetzen? So wie neulich, als uns João bekocht hatte? Vielleicht war Stan auch gar nicht alleine und saß mit ein paar Freunden zusammen. Oder mit einem anderen Mädchen?

Der Gedanke schnürte mir die Luft ab.

Ich konnte nicht reingehen, ohne zu wissen, was ich da drin wollte beziehungsweise was mich dort erwartete. Andererseits hatte ich die Situation zu Hause so weit eskalieren lassen, dass ich gar keine andere Wahl hatte. Einen Weg zurück gab es nicht. Wenn Stan tatsächlich da drin wäre, würde sich alles fügen, versuchte ich mich zu beruhigen. Und wenn nicht, wäre João vielleicht der Einzige, der mir helfen könnte, ihn zu finden. Was wollte ich noch mit dem Smartphone? Sollten es Isabell oder Torben oder wer auch immer behalten. Um mit Stan Kontakt aufzunehmen, würde ich schon eine andere Möglichkeit finden.

Ich zögerte ein wenig, dann öffnete ich die Tür.

＊

IfaS (Institut für angewandtes Schweigen): *Sie machen es aber spannend …*
Ich: Entschuldigen Sie, ich war ziemlich aufgeregt.
IfaS: *Das lässt sich ja alles nachvollziehen. Doch ist es nicht – pardon – etwas armselig, wie Sie sich an diesen Stan klammern?*
Ich: Sie können das nicht nachvollziehen, oder?
IfaS: *Natürlich können wir das. Jeder von uns war schon einmal so etwas wie verliebt. Die Gefahr besteht nur, dass man sich in den Gedanken verliebt, verliebt zu sein, ohne dass es tatsächlich so ist, verstehen Sie?*

Eine Wunschvorstellung, Projektion, eine eingebildete Verliebtheit, weil man etwas gerne möchte, was jedoch keinen Bestand hat.

Ich: Und dann macht man sich zum Idioten.

IfaS: *Oder zur Idiotin, wie in Ihrem Fall.*

Ich: Vielen Dank für so viel Einfühlsamkeit, aber dieser Gefahr war ich mir durchaus bewusst.

✳

Das Lokal war voll. Das heißt, die fünf Tische waren besetzt, und João lief gerade mit einem Tablett zu einem seiner Gäste, der dort saß und sich lautstark unterhielt. Zuerst hatte ich vermutet, dass es ein Restaurant exklusiv für Gehörlose ist. Doch scheinbar kamen hier alle möglichen Leute her, mit oder ohne Gehör, wie in andere Gaststätten auch. Trotzdem war etwas anders. Irgendetwas unterschied das Lokal an diesem Abend von den Lokalen, die ich bislang mit meinen Eltern besucht hatte.

Unter den abgehängten Lampen standen Wein- und Wassergläser. Und auf dem Tresen flackerten ein Dutzend Teelichter. Irgendwie schienen alle Gäste nett zueinander zu sein. Vielleicht täuschte der Eindruck, doch niemand wurde ungeduldig gegenüber seinem Gegenüber – oder gar gegenüber anderen Gästen oder der Bedienung. Genau das war es. João war kein Kellner oder Wirt, sondern der Gastgeber. Das ist ein Unterschied. Er hüpfte von einem Tisch zum nächsten und unterhielt seine Gäste, dass man überhaupt nicht unterscheiden konnte, was Gebärde und was Pantomime war. Der Mann mit den tausend Lachfalten. Als wären sie alle Teil seiner Familie. Oder enge Freunde. Vielleicht waren sie es ja, ich habe keine Ahnung. Die Gäste wiederum machten sich nicht lustig, sondern versuchten sogar, ihm mit eigener Mimik und Gestik zu antworten, was natürlich eine gewisse Komik hatte und hier und da für kleine Lacher sorgte.

Ich blieb nur wenige Momente lang in der Tür stehen und begriff sofort die Situation, jedenfalls bildete ich es mir ein. Die Leute hier kamen nicht nur wegen des Essens, sondern vor allem wegen ihm. Dabei war João selbst keine Attraktion, kein Clown; er war nur derjenige, der mit wenigen Zeichen alle Gäste auf einmal bewirten konnte. Deshalb gab es hier auch nur die wenigen Tische, damit er alle im Auge behalten konnte. In jedem größeren Restaurant wäre er verloren gewesen, hier allerdings lachte João mit jedem Einzelnen, ohne jemanden vernachlässigen zu müssen.

Stan saß an keinem der Tische.

Seinetwegen war ich eingetreten. Doch er war nicht da, es wäre auch zu einfach gewesen. Wie konnte ich nur so naiv sein? Ich wollte schon auf der Türschwelle kehrtmachen, da erblickte mich João – und mit ihm die anderen zehn oder zwölf Gäste. Kurzerhand stellte er das Tablett mitten auf einem der Tische ab, trocknete sich die Hände an seiner Schürze und lief mit offenen Armen auf mich zu. Ich wusste nicht, was das zu bedeuten hatte. João nahm mich an der Hand und zog mich in den Raum. Dabei lächelte er und machte Zeichen in Richtung des Tresens. Ich verstand nicht, was er mir sagen wollte. Ich konnte aber schlecht umdrehen und weglaufen, dafür mochte ich ihn zu sehr.

João deutete erneut auf den Tresen, was ich noch immer nicht verstand, dann allerdings doch. Er meinte nicht den Tresen, sondern die Küche dahinter, aus der er auch immer gekommen und wieder verschwunden war, als er Stan und mir den Fisch servierte.

Natürlich.

Jetzt, wo das Restaurant voll war, musste er sich um seine Gäste kümmern und konnte nicht gleichzeitig kochen. Dafür hatte er jemanden, der ihn abends unterstützte. Und dieser andere war natürlich Stan, der nicht nur den Papierkram erledigte, sondern auch überall sonst aushalf. Mein Herz galoppierte. Alles war doch so einfach, wie ich es mir vorgestellt hatte. Ich nickte João zu und lief an ihm vorbei in die Küche. Stan würde hinter dem Herd stehen oder abwaschen, zumindest war das meine Hoffnung.

※

>Mariella
>Glaubst du an Vorsehung?

>Stan
>Was meinst du?

>Dass es so etwas gibt wie einen
>Masterplan, bei dem alles schon
>vorherbestimmt ist und sich so
>fügt, wie es angelegt ist?

>Du meinst Gott?

>Gott, Götter, Schicksal,
>etwas, was gewisse Ereignisse
>plant und in unserem Universum
>unverrückbar macht.

>Wäre das nicht
>unglaublich öde?

>Vielleicht. Trotzdem glaube
>ich, dass da so etwas ist.

>Dass wir uns begegnen
>mussten, zum Beispiel?

>Zum Beispiel.

>Dann bin ich damit
>sehr einverstanden.

>Und das wäre dann nicht öde?

>Solange in diesem Etwas
>nur steht, dass wir uns
>treffen mussten, und alles
>andere Improvisation ist.

Inwiefern?

Der Masterplan ist die Bühne.

Und wir müssen selbst sehen,

was wir daraus machen.

Der Gedanke gefällt mir.

Aber warum warst du dann
nicht auf der Bühne, als ich
nach dir gesucht habe?

Sehe ich so aus, als
könnte ich kochen?

✳

Stan war nicht in der Küche.

Stattdessen wandte mir eine ältere Frau mit hochgesteckten gräulich weißen Haaren den Rücken zu, während sie an einem Herd mit gleich zwei Pfannen hantierte. Es roch nach frischen Kräutern und gegrilltem Gemüse. Die Frau bemerkte mich zuerst nicht, selbst dann nicht, als ich vorsichtig an die Tür klopfte. Wahrscheinlich waren sie und João ein Paar, und die Frau war auch gehörlos. Denn als sie begriff, dass da jemand anderes als ihr Mann in der Küche stand, stellte sie überrascht die Pfannen ab und fing an, mit den Händen zu reden. Eigentlich war es nur eine einzige Geste, die sie machte. Sie bedeutete mir zu warten, so schwer war das nicht zu verstehen, nicht einmal für mich. Dann lief sie um die Ecke und kam Sekunden später mit einer anderen Person wieder, die ich im Dunst der Pfannen und Kochtöpfe zuerst nicht erkannte.

»Hallo Mariella«, begrüßte mich Frida. »Du suchst meinen Bruder, oder?«

Damit hatte ich nicht gerechnet.

✳

Stan

So habt ihr euch
also kennengelernt?

Mariella

In Joãos Küche.

Aber ihr kanntet euch
schon aus der Schule.

Was heißt schon kennen?
Hast du das Gefühl, mich
zu kennen?

Ein wenig.

Einen kleinen Teil kennen
bedeutet, einen Großteil
eben nicht zu kennen.

Bist du denn ein Eisberg?

Wie kommst du denn darauf?

Von denen sieht man
auch nur die Spitze.

Und spürt ihre Kälte,
je näher man kommt.

✳

Aber Frida war kein Eisberg, wie die meisten anderen. Und kalt war sie schon gar nicht, im Gegenteil. Wir kannten uns nicht, waren aber miteinander bekannt aus dem Unterricht, von dem einmaligen Zuzwinkern in Herrn Sonntags merkwürdiger Stunde der stummen Impulse. *The sheet of paper remains silent. It fucks up like an open wound.* Dass Frida Stans Schwester war, überraschte mich tatsächlich und warf hunderttausend neue Fragen auf. War sie hier in der Küche, weil sie abends immer hier war? Oder weil sie auf mich wartete? Oder auf Stan? Und wenn ja, wo war dann ihr Bruder? Warum wussten João und die alte Frau, dass ich kommen würde, um nach Stan zu suchen? Warum hier in ihrem Restaurant? Ich konnte mir keinen Reim darauf machen.

Frida sah mich an, als könnte sie Gedanken lesen.

Sie war Stans Schwester, ohne Zweifel. Bei genauerem Hinsehen fiel mir auf, wie ähnlich sich die beiden doch waren. Ich hatte nie darauf geachtet, sie hatte ein etwas schmaleres Gesicht als Stan, aber dieselbe Offenheit in ihren Augen wie er, wenn sie lächelte, was sie bislang allerdings nie getan hatte, nicht für mich. Vielleicht war es mir nur nicht aufgefallen, so wenig, wie sie mir überhaupt aufgefallen war. Wir hatten nie miteinander zu tun gehabt, schon allein aus dem Grund, dass ich ja mit niemandem etwas zu tun haben wollte. Erst seit diesem Gedicht besaß sie zu ihrem Namen auch ein Gesicht und umgekehrt, und jetzt stand sie vor mir. Für einen kurzen Moment überlegte ich, mein Schweigen zu brechen, wenigstens ihr gegenüber, doch da fing sie schon an, auf mich einzureden. Sie war nicht gehörlos, nur ihr Bruder – und jetzt war Stan verschwunden, wie sie mir erzählte.

»Ich … ich wusste, dass ich dich hier treffen würde. Ich habe es gehofft. Stan und du, ihr wart hier zusammen essen, oder? Von dir hat er nicht direkt gesprochen, nur von einem Mädchen, das etwas sonderbar sei und nicht sprechen würde, obwohl sie es könnte. Und da war mir klar, dass du das sein musstest.«

✳

> **Mariella**
> Findest du
> mich eigentlich
> sonderbar?

> **Stan**
> Warum sollte ich?

146

Ich komme mir selbst
manchmal so vor.

Nicht sonderbar,
eher besonders.

Besonders im Sinn von:
besonders sonderbar oder
besonders merkwürdig?

Natürlich merkwürdig.
Merkwürdig aber im Sinn
von bemerkenswert.

Also besonders
bemerkenswert.

Besser lässt sich das
nicht ausdrücken.

＊

»Ich dachte, ihr hättet euch heute irgendwie verabredet. Doch das scheint ja jetzt …«

Frida strich sich die Haare aus der Stirn. »Ich kann ihn nicht erreichen, den ganzen Tag schon«, fuhr sie fort. »Und auf meine Nachrichten antwortet er nicht.«

Ich hatte eine ungefähre Ahnung, was möglicherweise passiert sein konnte. Und Frida wahrscheinlich auch. Sie schlug die Hände vor dem Gesicht zusammen, wie man es aus Filmen kennt, wenn sich Menschen ihre Verzweiflung aus dem Kopf pressen. Das hier war aber kein Film, das war echt. Frida wusste nicht mehr weiter. Für einen Moment dachte ich, dass sie anfangen würde zu heulen. Und wahrscheinlich hätte ich dann mitgeheult, so elend fühlte ich mich plötzlich.

»Er hat sein Handy immer an, also, dass es vibriert …«

Mein Handy war gestohlen und Stans offenbar tot. Das alles

konnte kein Zufall sein, durchfuhr es mich. Frida wusste von Stans Verschwinden. Nur das mit dem Handy müsste ich ihr irgendwie erklären.

»Ich weiß, du redest nicht, mit niemandem. Und das ist okay so«, kam sie mir zuvor. »Doch vielleicht kannst du …«

Ihre Hand zitterte, als sie mir ihr Smartphone reichte. Ich solle nachsehen, was dort im Klassenchat stand. Allzu schwer war es nicht zu verstehen, um was es hier ging.

Dazu brauchte ich nur die letzten Nachrichten überfliegen.

Isabell
Hast du das Teil?

Torben
Ist ihr aus der Tasche gefallen.
Gefallen worden.

Irgendwas
Interessantes?

Aber so was von!

Erzähl!

Die hat 'n Typ!

???

Einen Macker! Und ich
weiß auch, wo der is!

Die Nachrichten waren schon ein paar Stunden alt.

Was in der Zwischenzeit passiert sein musste, konnte ich nur erahnen.

Und das war nichts Gutes.

KuLa

Wenn alle Menschen gehörlos wären:

- Das Telefon wäre nie erfunden worden, genauso wenig wie die Begriffe *Zimmerlautstärke* oder *Geräuschpegel*.
- HNO-Ärzte würden nur noch Hals-Nasen-Ärzte heißen.
- Rockbands würden ausschließlich aus Bassisten und Schlagzeugern bestehen.
- Die Hersteller von Klangschalen, Ohropax und Tonträgern mit Walgesängen wären längst bankrott.
- Wichtige Entscheidungen wären in geheimen Abstimmungen vielleicht anders ausgefallen: »Wollt ihr den totalen Krieg?« – Ja, Nein, Vielleicht.

※

Manchmal passieren Dinge, die nicht vorhersehbar sind, die sich aus sich selbst heraus entwickeln. Die Sache mit den Goldfischen beispielsweise. Oder die Begegnung mit Frida und alles, was danach geschah. Ich glaube kaum, dass jemand wirklich die Absicht hatte, einen anderen vom Turm zu stoßen. Doch wenn sich so etwas Unvorstellbares ereignet, sind alle Beteiligten zunächst in absoluter Schockstarre, weil sich niemand eine Vorstellung darüber macht, welche Folgen das alles hat. Da helfen keine Entschuldigungen, kein Bedauern. Das Fatale ist einfach, dass sich Dinge verselbstständigen, dass man die Kontrolle verliert und dass das, was geschieht, nicht mehr gutzumachen ist. Wahrscheinlich war es das, was mich so ohnmächtig und fassungslos machte. Diese nicht zu begreifende Hilflosigkeit, dass man denkt, es wäre das Beste, einfach hinterherzuspringen.

✻

IfaS (Institut für angewandtes Schweigen): *Nur damit wir Sie recht verstehen – das ist jetzt kein Versuch, sich zu rechtfertigen, oder?*
Ich: Ich will Ihnen nur plausibel machen, dass das, was sich dort wenig später auf dem Aussichtsturm ereignete, nicht gewollt war. Es war nicht geplant, verstehen Sie? Es war ein Impuls, ein affektives Versehen. Es hätte wahrscheinlich jedem passieren können.
IfaS: *Also doch eine Art Rechtfertigung?*
Ich: Wenn Sie so wollen, wenngleich ich mir selbst keiner Schuld bewusst bin.
IfaS: *Schuld von sich zu weisen oder zu verdrängen ist nur natürlich. Doch genau das sollten Sie vielleicht hinterfragen. Schließlich wäre nichts passiert, wenn Sie es einfach dabei belassen hätten und zu Hause geblieben beziehungsweise zurück zu Ihrer Mutter gegangen wären. Was meinen Sie?*
Ich: Das eine bedingt das andere, da haben Sie recht. Doch ist dann nicht alles und jeder schuld, der zu dem Unglück beigetragen hat? Meine Eltern, das Wetter, die Dunkelheit?
IfaS: *Sie machen es sich etwas einfach. Bleiben Sie doch zunächst einmal bei sich und überlegen Sie, was Sie anders hätten machen können.*

Ich: Ich habe das Gefühl, Sie wollen mir da etwas einreden?

IfaS: *Und wir haben das Gefühl, Sie wollen nicht wahrhaben, was passiert ist, ohne dass es hätte passieren müssen. Aber wir greifen vor. Vielleicht erzählen Sie kurz, wie und wohin es mit dieser Frida weiterging?*

✳

Der KuLa war der einzige Ort, der in Frage kam. Dort waren wir uns das erste Mal begegnet, und ich wusste, dass Stan dorthin kommen würde, wenn er schon nicht in Joãos Restaurant auf mich wartete. Ich wusste es natürlich nicht, doch ich ahnte es. So wie wenn man etwas träumt, was dann tatsächlich passiert.

Als ich mit Frida am Turm ankam, war es Nacht. Ein paar dichte Wolken hatten sich vor den Mond geschoben und sogen den letzten Rest Licht in sich auf. Wie ein Schwamm. Das war mir schon öfter aufgefallen, als ich hier abends saß, dass es ziemlich dunkel wird, sobald man die Stadt mit ihrer spärlichen Beleuchtung und den wenigen Straßenlaternen hinter sich lässt.

Unter-Ober ist definitiv keine Großstadt, in der alles rund um die Uhr angestrahlt und beleuchtet wird und wo selbst in den Geschäften und Büros nachts noch alle Lichter brennen. Wenn es hier dunkel wird, wird es so dunkel, dass der Begriff Finsternis ganz nah an das herankommt, was man gemeinhin als Schwarz bezeichnet.

Irgendwo auf der Schnellstraße donnerte ein Laster vorbei.

Frida war bestimmt genauso unruhig wie ich, ohne es allerdings ständig aussprechen zu müssen. Sie redete generell nicht viel, fiel mir erneut auf. Erst wenig in Joãos Restaurant, dann gar nicht mehr. Offenbar respektierte sie, dass ich ihr nicht antwortete. Und anders als meine Mutter versuchte sie nicht, ein Gespräch künstlich aufrechtzuerhalten, indem sie irgendwelche Floskeln aneinanderreihte. Das gefiel mir. Ich glaube, ich dachte in diesen Momenten darüber nach, dass ich Frida mögen würde, wenn ich sie erst besser kennenlernte. Vielleicht dachte ich aber auch darüber nach, wie ähnlich sich Geschwister werden, wenn der eine hören kann und der andere nicht. Da hat es wenig Sinn, auf den anderen einzureden oder ihn anzuschreien. Vermutlich wird man dann als Hörender selbst stiller und beschränkt sich auf das, was wirklich wichtig ist.

✳

Unten am KuLa stand Torbens Motorrad. Ich erkannte es sofort, selbst aus zwanzig Metern Entfernung. Torben gehört zu denjenigen in unserer Jahrgangsstufe, die mit ihren Bikes zur Schule fahren, obwohl sie nur wenige Meter entfernt wohnen. Den Helm legt er dann immer auf seinen Platz, damit ihn jeder sehen kann.

Das hätte ich mir auch gewünscht.

Einen Helm als Tarnkappe.

Das Motorrad hatten sie nicht einmal in den Büschen versteckt. Wahrscheinlich war es Absicht. Es war wie eine Einladung an mich, hochzusteigen und mitzuspielen, nach welchen Regeln auch immer. Von Torben und Isabell war weit und breit nichts zu sehen. Von Stan natürlich genauso wenig. Direkt vor uns hob sich der schwarze Umriss des Turms ein wenig von dem wolkenverhangenen Nachthimmel ab, und an der Brüstung der Plattform konnte ich das Glimmen einer Zigarette erkennen. Sie waren hier, keine Frage, das hatte auch Frida bemerkt. Sie stieß mich an und fragte, ob ich da wirklich hochwollte.

Natürlich wollte ich nicht.

Aber ich musste.

Was blieb mir übrig? Ich wurde erwartet, ohne zu wissen, was mich erwartete.

✳

Stan musste mir am Nachmittag eine Nachricht geschrieben haben. Und das hatten sie auf dem Display gesehen; anders war es nicht zu erklären, warum Torben und Isabell oben auf mich lauerten.

Ich stieg alleine hinauf, ohne Frida.

Das war nicht meine Idee.

Sie sagte, dass sie Höhenangst habe und unten auf mich warten wollte.

Auf uns, auf Stan und mich, wenn wir runterkämen.

Mir war nicht wohl bei der Sache. Ich glaube, das hätte jeder gesagt, der in der Dunkelheit über ein paar Dutzend Stufen in die Höhe steigt, um dort in irgendeine Falle zu tappen.

Mittlerweile hatte sich der Wind etwas verstärkt, und es begann zu regnen. Auf den Zwischenstiegen merkte man nicht viel davon, doch wenn man über das Stahlgitter höher stieg, klatschte einem der Regen ins Gesicht, was mir aber weiter nichts ausmachte. Dazu war ich viel zu angespannt. Mir war nicht klar, was Isabells oder Torbens Plan war, ob noch andere da sein würden und warum sie so lange auf mich gewartet hatten, ohne sicher sein zu können, dass ich überhaupt auftauchte. Das Handy war nicht mehr in meinem Besitz. Also konnten sie nur darauf gehofft haben, dass ich zufällig vorbeikomme.

✳

Mariella
Was hattest du eigentlich
geschrieben?

Stan
Nichts Besonderes.

Was heißt das?

Dass mir unser Nachmittag
bei João sehr gefallen hat.

153

Dass ich dich gern
wiedersehen würde.
Dass ich noch ein ganzes
Meer voller Fische mit dir
verspeisen will.
Dass du ein unglaubliches
Lächeln hast.
Dass du mich zum
Lachen bringst.
Dass ich mich mit niemandem
besser unterhalten kann.
Dass du wahnsinnig gut
zuhören kannst.
Dass wir uns den
Sonnenuntergang auf dem
KuLa doch zusammen
anschauen könnten.
Dass das den Tag
perfekt machen würde.
Eine ganz normale
WhatsApp eben …

Bisschen kitschig vielleicht.
Aber das mit dem Unterhalten
und Zuhören gefällt mir
ziemlich gut!

Oben auf der Plattform war ich wie blind. Jemand leuchtete mir mit einer Taschenlampe ins Gesicht, dass ich nichts erkennen konnte, nicht einmal mehr irgendwelche Konturen.

»Ich hab dir doch gesagt, dass die kommt«, begrüßte mich Isabell, wobei die Worte weniger an mich gerichtet waren als vielmehr an Torben, der wohl direkt hinter ihr stand.

»Wurde ja auch Zeit!«, hallte es irgendwo aus der Finsternis heraus, fast so wie bei meinem Vater vor wenigen Stunden, als er mich zu Hause im Wohnzimmer abgepasst hatte.

Ich hielt mir die Hand vors Gesicht und kniff die Augen zu, um überhaupt etwas sehen zu können.

»Hast du das vielleicht vermisst?«, fragte mich Isabell und schwenkte ein Handy durch die Luft. Mein Handy.

Sie drückte auf eine der Tasten, dass das Display kurz aufleuchtete.

»Auf so was sollte man immer aufpassen. Weiß man ja nie, wer einem mal schreibt.«

»Und dann auch noch so was Romantisches!«, witzelte Torben. »Da wird einem ganz warm ums Herz, dass man fast kotzen könnte.«

Isabell lachte so laut, dass es selbst Frida unten am Turm hören musste.

»Wollen wir es ihr wiedergeben?«, fragte sie in Torbens Richtung. Ohne eine Antwort abzuwarten, warf sie es mir zu. Doch genau in dem Moment, in dem das Handy durch die Luft flog und ich es fangen wollte, knipste Isabell die Taschenlampe aus, sodass es im Bruchteil einer Sekunde wieder stockfinster wurde. Das Handy glitt mir durch die Finger und schlug lautstark auf den Planken auf. Ich konnte nur noch hören, wie es über den Boden schoss – in irgendeine Ecke, in der ich es in der Dunkelheit kaum finden würde.

»Ups«, entfuhr es Isabell. »Da ist wohl jemand zu blöd zum Fangen!«

»Genau wie beim Handball!«, kicherte Torben.

Isabell lachte erneut.

Die beiden hatten ihren Spaß, und ich stand nur daneben.

»Schau mal, wer hier noch so auf dich wartet!«

Isabell schaltete die Taschenlampe wieder ein und leuchtete bis an den Rand der Plattform, wo in dem Lichtkegel die Umrisse eines menschlichen Körpers zu erahnen waren.

Stan.

Er kauerte an der maroden Brüstung, scheinbar ohne sich bewegen zu können.

»Keine Angst, der kann nicht runterfallen«, sagte Torben. »Wir haben ihn gut festgemacht.«

»Deinen Zuhörer!«

Ich weiß nicht, wie ich mich in dem Moment fühlte. Am liebsten wäre ich Isabell ins Gesicht gesprungen. Sie hatten ihn hier oben auf der Plattform überrascht, so stellte ich es mir vor, dass er gar nicht wusste, wie ihm geschah.

»Wir mussten ihm nicht mal das Maul stopfen, versteht eh keiner, was der von sich gibt.«

Ich war mir nicht sicher, ob Stan mich überhaupt gesehen hatte oder wusste, dass ich gekommen war. Hören konnte er mich ja nicht, und wenn sie ihm die Augen verbunden hatten, würde er kaum verstehen, warum ihn die beiden hier festhielten.

»Der ist genauso taubdumm wie du, abgesehen davon, dass er ganz musikalisch ist.«

Torben machte zwei Schritte nach hinten und trat dabei auf Stans Hand oder Fuß, dass er kurz aufschrie. Ich weiß nicht, ob das Absicht war oder ein Versehen. Auf jeden Fall schien Torben ganz begeistert zu sein von seinem plötzlichen Einfall.

»Klingt ein bisschen nach Hund, was meinst du?«

»Eher Straßenköter!«

Isabell und Torben jaulten gemeinsam in den Nachthimmel. Dann trat einer der beiden erneut zu, diesmal stärker, als wäre ich diejenige, die dort vor ihnen lag.

✳

Stan
Du hättest einfach
wieder gehen sollen.
Dann hätten sie mich
schon laufen lassen.

Mariella
Und es wäre nie so
weit gekommen.

Wahrscheinlich nicht.

Aber wie hätte ich denn
gehen können, wenn ich
mit anhören muss, was sie
mit dir machen?

Manchmal kann es auch
Vorteile haben, nichts
hören zu können!

Drei

Tod

Happy Ends sind nur Bruchstücke des tatsächlichen Lebens. Momentaufnahmen, die sich wie Puzzleteile aneinanderreihen, ohne jemals ein Ganzes zu ergeben.

Natürlich hätte ich kehrtmachen und gehen können. Ich wäre einfach wieder vom Turm gestiegen und hätte Stan sich selbst überlassen. Sie hatten nichts gegen ihn, so wie sie wahrscheinlich gegen alle und niemanden etwas hatten. Er hätte ihnen egal sein können. Sie kannten ihn überhaupt nicht; er war für sie bis dahin ein Nichts, ein Niemand, vollkommen bedeutungslos. Und doch wussten sie, dass Stan mir etwas bedeutete.

Also hatte er auch eine Bedeutung für sie.

Dabei ging es ihnen nicht darum, mein Schweigen zu brechen, um sich mit mir besser unterhalten zu können. Darauf legten sie mit Sicherheit keinen Wert. Vielmehr war es die Lust zu sehen, wie weit sie bei einer Verrückten gehen konnten, die das Sprechen verweigerte. Und für ein erstes Wort, für einen einzigen Laut, den ich von mir geben würde, brauchten sie Stan.

Und sie genossen es.

Als ihn Torben zum dritten Mal in die Seite oder wohin auch immer stieß, verlor ich die Beherrschung. Isabell ist bestimmt einen halben Kopf größer als ich. Ihre Haare hatte sie hinten zu einem Zopf zusammengebunden. Von den Mädchen in der Klasse war sie immer das mit Abstand sportlichste. Irgendjemand hatte über sie einmal erzählt, dass sie Kampfsport betreibe, das hatte ich zwischen Tür und Angel aufgeschnappt. Und unter normalen Umständen hätte sie mich wie ein lästiges Insekt in der Luft zerdrückt. Trotzdem war meine Wut in dem Moment zehnmal stärker als alle Isabells zusammen. Ich ballte die Faust und wollte mich auf sie stürzen, da stand Frida plötzlich hinter mir.

»Lasst ihn los!«, schrie sie in Torbens Richtung, der Stan erneut einen Tritt versetzen wollte. Frida musste gehört haben, was sie mit Stan machten, dass sie es unten alleine nicht mehr aushalten konnte. Die Angst um ihn war größer als ihre Höhenangst, und sie war die vielen Stufen hinter mir den Turm hochgestiegen, ohne dass ich sie bemerkt hatte.

»Oh, wir haben Besuch«, tat Isabell verwundert. Vielleicht war sie es wirklich, so wie ich, obwohl ich von Frida ja wusste.

»Kommen noch mehr von euch Profis, um nichts von der Show hier zu verpassen?«, wollte Torben wissen und trat jetzt ein weiteres Mal zu, um seiner Bemerkung entsprechenden Nachdruck zu verleihen.

Stan schrie erneut auf, so dass Isabell in ein breites Lachen ausbrach.

»Wir hätten Eintritt nehmen sollen!«, kreischte sie, doch da passierte das, was ich unbedingt verhindern wollte beziehungsweise was ich unbedingt hätte verhindern sollen. Frida überlegte nicht lange und lief an mir vorbei auf Torben zu, der im Halbdunkel über Stan kniete. So genau war das nicht zu erkennen; dafür ging alles viel zu schnell und drohte vollkommen außer Kontrolle zu geraten.

Ein Handgemenge, eine Prügelei, bei der es hier oben auf dem Turm keine Gewinner geben würde. Ich wusste nicht, was ich tun sollte. Dazwischengehen? Wie? Torben war wahrscheinlich genauso überrascht darüber, dass Frida ihrem Bruder zur Seite sprang, ohne überhaupt zu wissen, dass sie seine Schwester war. Das konnte er nicht wissen.

Selbst wenn, es hätte keinen Unterschied gemacht.

Die Einzige, die in dieser Situation die Ruhe behielt, war Isabell. Man kann über sie sagen, was man will, aber geistesgegenwärtig war sie, definitiv. Sie blieb fast cool, als hätte sie alles im Griff. Und das hatte sie.

In dem Augenblick, in dem Frida Torben zur Seite stoßen wollte, ging Isabell nicht auf Frida oder mich los, sondern knipste einfach wieder ihre Taschenlampe aus. Es war stockfinster, von jetzt auf gleich, als hätte jemand den Stecker gezogen. Was eben noch in groben Umrissen und Schattierungen zu erkennen war, war im Bruchteil einer Sekunde ausgelöscht. Alles wurde aufgesogen von dem Schwarz der Nacht, das alles umfasste und in sich verschlang. Ich war vollkommen orientierungslos. Wie musste sich da erst Stan fühlen, der jetzt weder sehen noch hören konnte und gar nicht in der Lage war zu begreifen, was hier vor sich ging?

Ich weiß nicht, ob ich selbst etwas denken konnte oder ob mich nicht alle Gedanken der Welt gleichzeitig erfassten. Denn als Nächstes geschah das Unbegreifliche. Stan stieß einen Schrei aus, wie ich keinen zweiten zuvor gehört hatte. Er brüllte: »Aufhören! Hört endlich auf!«

Ich hatte Stan noch nie etwas sagen oder rufen hören, und es klang verstörend, hölzern – wie jemand, dem die eigene Stimme nicht gehorcht.

Dennoch war es klar verständlich, was er von sich gab, auch wenn es keine Wirkung mehr hatte.

Stans Schrei verhallte in der Nacht.

In derselben Sekunde rutschte jemand aus, vielleicht auf meinem Handy, das irgendwo auf dem Boden liegen musste. Ein riesiges Stück Holz zersplitterte, ein Balken oder Brett, das unter dem stumpfen Druck eines menschlichen Körpers nachgab.

Dann war es still.

Für einen Augenblick verharrte alles in absoluter Geräuschlosigkeit, als wären sämtliche Töne der Welt eingefroren.

Sogar der Wind schien kurz Luft zu holen.

Mir wurde eisig kalt. Vielleicht durchfuhr mich auch nur ein Blitz, ein kalter Schauer, ich weiß es nicht genau. In einer angespannten, verfahrenen Situation nimmt man so etwas nicht wahr. Doch irgendwie war die Zeit stehen geblieben. So wie vor wenigen Tagen, als ich Stan das erste Mal hier oben begegnet war. Und wenn die Zeit stehen bleibt, hat man alle Zeit der Welt sich umzuschauen. So ist es doch, oder?

Natürlich war nichts zu erkennen. Mond oder Sterne waren noch immer verdeckt hinter dichten Wolken. Erst als Isabell die Taschenlampe wieder einschaltete, wurde mir bewusst, was passiert sein musste. Dabei kann ich nicht sagen, ob der Boden zu rutschig oder die Brüstung zu marode war oder was genau dazu führte, dass Frida vom Turm stürzte.

Wahrscheinlich wird sich das nie klären lassen.

Und ich bin mir sicher, dass das nicht einmal Isabells oder Torbens Absicht war, es so weit kommen zu lassen. Doch das ist genau der Punkt. Manches kann nicht mehr ungeschehen gemacht werden.

Nie mehr.

Nie.

Nicht in hunderttausend Jahren.

✷

Das ganze Leben ist schwer.

Der Tod ist leicht.

Der Tod gehört nicht zum Leben.

*

Vielleicht könnte man auch das Gegenteil behaupten, denn das eine ist ohne das andere nicht vorstellbar. Ich glaube aber, dass es eher das Leben ist, das schwer ist. Der Tod dagegen ist leicht und nur für die Hinterbliebenen kaum zu verkraften. Sie sind die eigentlichen Opfer. Denn genau das macht das Leben so unendlich schwer. Das Weiterleben.

Dass es Frida war, die vom KuLa stürzte, und nicht Torben oder Isabell – oder Stan oder ich –, war noch tausendmal schrecklicher. Es war diese Ungerechtigkeit, die wie aus dem Nichts kam und alles unaushaltbar machte. Frida hatte mit alledem am wenigsten zu tun, und doch war sie diejenige, die es traf.

Das heißt natürlich nicht, dass es gerechter gewesen wäre, wenn es irgendjemand anderen getroffen hätte. Eine derartige Gerechtigkeit gibt es nicht. Und dennoch hätte ich ein besseres Gefühl gehabt, wenn ich es gewesen wäre, die vom Turm gestürzt wäre.

Sogar tot hätte ich dieses Gefühl noch gehabt.

Dass es überhaupt so weit kommen musste, war ohnehin unbegreiflich. Selbst für Isabell. Sie hatte die Taschenlampe aus einem Reflex heraus ausgeschaltet. Vielleicht um Frida zu verwirren, vielleicht um Torben zu schützen. Und wenn sie ein derartiges Unglück tatsächlich in Kauf genommen hatte, insgeheim, dann will ich es nicht wissen.

Ich will es nicht mal denken.

Auch wenn ich das längst getan habe.

*

Wer schließlich den Notruf tätigte, weiß ich nicht.

Sobald Isabell und Torben realisierten, was geschehen war, brach Panik aus, nackte Angst. Sie brüllten sich an, wie so etwas zum Teufel passieren konnte, was für eine »verfluchte Scheiße« das sei, dass man sofort abhauen müsse und so weiter. Gegenseitige Vorwürfe und Verwünschungen. Dann wurden sie ganz hektisch und stürmten an mir vorbei die Treppe runter.

Im ersten Moment dachte ich, dass sie tatsächlich versuchen würden zu verschwinden. Doch irgendetwas musste sich auf dem Weg nach unten verändert haben, dass sie es nicht taten und einer der beiden – oder beide zusammen – den Rettungsdienst verständigte. Vielleicht waren sie zur Besinnung gekommen, vielleicht hatten sie Gewissensbisse oder es war etwas mit dem Motorrad, ohne das sie nicht weit kommen würden. Vielleicht waren sie aber auch auf Fridas Körper gestoßen, der irgendwo unten zerschmettert liegen musste und der ihnen das ganze Grauen, das ganze Ausmaß der Katastrophe vor Augen führte.

※

Warum ich nicht hinterhergerannt war, wusste ich selbst nicht. Vielleicht war Frida noch am Leben, und ich hätte etwas tun können. Ich war wie paralysiert, unfähig, zu denken oder zu handeln. Stan ging es vermutlich genauso. Er war nicht angebunden oder gefesselt, wie Torben zuvor behauptet hatte. Sie hatten ihm nur die Jacke über die Schultern gezogen, dass er die Arme nicht frei bewegen konnte. Dann muss ihn Torben so lange bearbeitet haben, dass er es kaum schaffte, alleine aufzustehen.

Nachdem Isabell und Torben verschwunden waren, war es gespenstisch still dort oben auf dem Turm. Erst Minuten später wurde mir bewusst, wie ausweglos alles war.

Ich versuchte, Stan auf die Beine zu helfen. Das heißt, ich wollte es versuchen. Doch er stieß mich fort, noch bevor ich in seiner Nähe war.

»Lass mich!«, fuhr er mich an. »Geh!«

Es war wieder diese fremde, verzerrte Stimme wie zuvor, die mir aber klarmachte, dass alles, was ich jetzt unternehmen würde, vergebens wäre.

Vergeblich.

Falsch.

Stan stand unter Schock, so wie ich auch, nur anders. Ich wusste nicht, ob er mich für das verantwortlich machte, was mit seiner Schwester passiert war. Oder ob er sich für seine Ohnmacht schämte, nicht in der Lage gewesen zu sein, selbst etwas zu unternehmen.

Mühsam zog er sich an dem Rest der noch intakten Brüstung hoch und taumelte an mir vorbei auf die Treppenstufen zu.

Er blickte nicht einmal zurück.

※

IfaS (Institut für angewandtes Schweigen): *Dürfen wir …?*
Ich: Ja?
IfaS: *Das, was passiert ist, so unbegreiflich das ist … nun, hätten Sie nicht da mit Stan reden … also ihm gegenüber Ihr Schweigen brechen müssen, um wenigstens irgendetwas zu ihm zu sagen?*
Ich: So etwas wie eine Entschuldigung? Mein Beileid? Er hätte es doch gar nicht gehört!
IfaS: *Verstehen Sie es eher als Geste, als symbolischen Akt.*
Ich: Glauben Sie, es hätte irgendetwas geändert?
IfaS: *Es hätte etwaigen Missverständnissen vorgebeugt, womöglich.*
Ich: Was war da missverständlich? Fridas Tod hat uns beide getroffen.
IfaS: *Den einen mehr als den anderen, oder?*
Ich: Sie meinen wohl ›die‹ andere?

IfaS: *Schließlich kannten Sie Frida kaum.*

Ich: Das heißt nicht, dass ich weniger betroffen war. Im Gegenteil. Ich war es, die es hätte verhindern können. Und ich bin es, die sich Vorwürfe macht, dass es so weit gekommen ist.

IfaS: *... durch Ihre Sturheit, durch Ihr stures, verbohrtes Schweigen?*

Ich: Wodurch auch immer. Es ist egal. Alles ist egal.

✳

Die Polizei riegelte den Unfallort bis zum Morgen ab.

Das gesamte Areal rund um den KuLa wurde gesperrt.

Der Rettungswagen kam, die Feuerwehr auch, obwohl es längst zu spät war.

Sie fanden Fridas Leiche in den Büschen neben dem Turm.

Ich kann nicht sagen, ob sie gleich tot war.

In Filmen sagen sie das gerne, um die Hinterbliebenen zu trösten.

Ich glaube allerdings nicht, dass das immer stimmt.

Man kann es nur hoffen.

Schuld

Fünf Tage lang hörte ich nichts von Stan.

F-ü-n-f.

Mein Handy hatte ich wieder. Anders als Frida war es unbeschadet geblieben, ironischerweise.

Diese fünf Tage waren für mich die schlimmsten meines Lebens.

Ich ging nicht zur Schule, vermutlich ging keiner von uns zur Schule.

Noch in der Nacht hatte mich ein Polizeiwagen zurück zu meiner Mutter gebracht, die von meinem Vater natürlich längst von meinem Verschwinden wusste, aber nichts von den Ereignissen der letzten Stunden, und entsetzt die Hände über dem Kopf zusammenschlug, als ich aus dem Streifenwagen stieg. Zumindest tat sie so.

»Was um Himmels willen …?«

Die Erklärung, was wie, wo und warum passiert war, überließ ich dem Polizeibeamten.

Ich lief an ihr vorbei hoch in mein Zimmer und schloss mich ein.

Mein Zimmer sah noch genauso aus, wie ich es verlassen hatte, nur schräger. Das Regal kippelte unverändert mit einem Bein auf dem Blumentopf, aber der Stapel Bücher war heruntergefallen und verteilte sich über den ganzen Boden. Mein Bett und die Matratze hatte ich noch nicht durch das Fenster in den Vorgarten geworfen, auch das Insektenhotel der Zitterspinnen war noch da, genau wie die Kritzeleien auf der Tapete, was das einzig Positive war.

Mariellas letzter Wille:

Totenstille.

Alles andere war ein Grauen.

Ich verließ das Zimmer nur, um kurz ins Bad oder zum Kühlschrank zu gehen. Meine Mutter ließ mich alleine; sie versuchte es nicht einmal, es gut meinen zu müssen und mit mir ins Gespräch zu kommen. Nach der Aktion mit den Goldfischen hatte sie wahrscheinlich genug von mir, was ich ihr nicht einmal verübeln konnte.

Wie es weitergehen würde, wusste ich nicht. Doch das war nicht das Entscheidende. Das Wichtigste für mich war, mit dem klarzukommen, was geschehen war. Normalerweise hätte mir irgendjemand psychologische Betreuung verordnen müssen, die Polizei wahrscheinlich. Aber wie hätte man mein neues, offensichtlich traumatisches Schweigen deuten sollen, das mein ursprüngliches Schweigen nur überlagerte?

✻

Psychologe: Sie sagt kein Wort.

Dr. Baumann: *Das ist vollkommen normal bei ihr.*

Psychologe: Das ist nicht normal.

Dr. Baumann: *Es ist normal, dass sie nicht normal ist.*

Psychologe: Das erscheint mir reichlich abnormal.

Dr. Baumann: *Unnormal.*

João: *Diese Diskussion hatten wir bereits.*

✻

Es war wie ein Messer im Bauch. Aber da war nichts.

Es war wie ein Hämmern im Kopf. Doch um mich herum blieb alles still.

Es war wie eine Karussellfahrt ohne Halt. Dabei lag ich reglos auf dem Bett.

Ich glaube, wenn man sich darüber Gedanken macht, was nach dem Tod kommt, kann man nur verrückt werden. Gibt es so etwas wie ein ewiges Leben? Und wenn ja, wie sieht das aus? Ist nicht die Ewigkeit das eigentliche Grauen, das, was unendlich ist und nie aufhört? Nicht morgen, nicht in 100 Millionen Jahren.

Never ever ever ever ever ever.

Ich weiß nicht, was grauenhafter ist. Zu wissen, dass es immer weitergeht. Oder die Tatsache, dass mit dem Tod alles vorbei ist. In meinem Kopf hatte diese Ewigkeit bereits begonnen. In diesen fünf Tagen dachte ich ständig an den KuLa zurück, an das, was sich dort ereignet hatte. An Fridas Tod. Meine Gedanken drehten sich im Kreis, und ich wünschte mir nichts sehnlicher, als dass Stan sich melden und mich aus dieser Endlosschleife befreien würde. Oder Frida, die ich ja nur für den Bruchteil dieser Ewigkeit kennenlernen durfte.

＊

Frida: *Glaubst du, wir hätten uns anfreunden können?*
Ich: *Das hätte ich mir sehr gewünscht.*
Frida: *Ich mir auch.*
Ich: *Das ist komisch, oder?*
Frida: *Was meinst du?*
Ich: *Dass einem solche Gedanken erst kommen, wenn es zu spät ist.*
Frida: *In deiner Vorstellung bin ich doch noch da.*
Ich: *Das ist nicht dasselbe.*
Frida: *Es ist nur anders.*
Ich: *Nimmst du es mir eigentlich übel?*

Frida: Was, dass wir uns nicht richtig kennenlernen konnten?

Ich: Dass ich dich mit zum Turm gebracht habe, dass du wegen mir dort runtergestürzt bist?

Frida: Das konntest du nicht ahnen, niemand konnte das. Außerdem war es meine eigene Entscheidung, die Treppen hochzusteigen.

Ich: Glaubst du, Stan sieht das genauso?

Frida: Ich bin mir sicher.

Ich: Warum meldet er sich nicht?

Frida: Manche Dinge brauchen einfach Zeit.

Ich: Und dann?

Frida: Dann hat er ja dich.

Ich: Das redest du mir jetzt ein, oder?

Frida: Wenn es dir hilft?

✳

Fast hatte ich die Hoffnung aufgegeben, da blinkte plötzlich das Display.

Stan.

Endlich.

Im ersten Augenblick hatte ich Angst, und ich traute mich nicht, die Nachricht zu lesen. Fünf ganze Tage hatte ich gewartet, und jetzt war ich nicht in der Lage, dieses verfluchte Smartphone in die Hand zu nehmen. Was, wenn er mir nur mitteilte, dass er nichts mehr mit mir zu tun haben wollte? Dass er mich verteufelte, dass er wünschte, mir nie begegnet zu sein?

Doch selbst wenn das der Inhalt wäre, würde es mich freuen, überlegte ich. Jede Nachricht von ihm war ein Zeichen, eine Art von Dialog. Ganz gleich, welche Vorwürfe er mir machte.

✳

Stan

Ich war ungerecht.

Mariella

Was meinst du?

Du warst wegen mir
dort oben.

Frida auch.

Ich weiß, aber mit ihrer
Höhenangst wäre sie nie da
hochgestiegen. Hätte ich nur
nicht so laut geschrien!

Du konntest nicht wissen,
dass sie da war.

Nein, das konnte
ich nicht.

Aber ich konnte.

Ich wusste es sogar.

Und du hättest sie
warnen können?

Wahrscheinlich.

Und warum …?

Ich hätte reden müssen.

Natürlich.

Natürlich was?

Natürlich hättest du
reden müssen!

Gibst du mir die Schuld?

Möchtest du, dass ich
dir die Schuld gebe?

Ich weiß es nicht.

Es ging zu schnell.

Alles ging zu schnell.

Entschuldige.

Nein, ich muss mich
entschuldigen.

Das brauchst du nicht.

Doch. Ich hätte nicht
kommen dürfen.

Und ich hätte dir keine
Nachrichten schicken sollen.

Ich hätte besser auf das Handy
aufpassen müssen.

Ich hätte vorsichtiger
sein sollen.

Und ich hätte Frida nicht
mitbringen dürfen.

Ich werde es nie wieder-
gutmachen können.

Nein, das kannst du nicht.

Niemand kann das.

Es tut mir so unendlich leid!

Morgen ist die Beerdigung.

Morgen schon?

Um 11.

Willst du, dass ich komme?

Ja, das wäre schön.

Ja, das wäre es.

Und noch etwas.

?

Ich möchte, dass du
ein paar Worte sagst.

Yep.

Natürlich.

Ich werde es versuchen.

Seilenz

Fridas Beerdigung fand in der kleinen Trauerhalle direkt neben dem Friedhof statt. Ein kalter Bau aus Asche und Staub. Normalerweise passen da vielleicht 50 oder 60 Personen rein. An diesem Tag platzte der Raum aus allen Nähten.

Die halbe Schule war gekommen, um Abschied zu nehmen. Und noch ein paar mehr. In der ersten Reihe saß Stan mit seinen Eltern. Der Vater trug einen schwarzen Anzug und eine schwarze Krawatte, und hatte die dunklen Haare sorgfältig gescheitelt. Er wirkte sehr gefasst, wenngleich man ihm ansehen konnte, was er in den letzten Tagen durchgemacht haben musste.

Ich versuchte mir vorzustellen, wie die Eltern die Nachricht von Fridas Tod aufgenommen hatten. Wahrscheinlich war Stan genau wie ich mit einer Polizeistreife nach Hause gebracht worden. Oder die Eltern hatten ihn in der Notaufnahme abholen müssen, nachdem er dort versorgt worden war. Und dabei setzte man sie kurz und knapp mit nüchterner Beamtenstimme über den Verlust ihrer Tochter in Kenntnis. Ich kann mir nichts Schlimmeres vorstellen.

Frida ist vom Turm gestürzt, allem Anschein nach verursacht durch den Leichtsinn einiger Jugendlicher, vermutlich eine dieser Mutproben.

Genaueres wissen wir noch nicht. Als wir am Unfallort ankamen, war sie schon tot. Unser herzliches Beileid.

Vielleicht hatte Stan auch von mir erzählt. Dass ich dabei war, dass Frida mit mir zum KuLa gekommen war, dass ich es war, die nicht auf ihr blödsinniges Smartphone aufpassen konnte.

Ich wusste es nicht, und ich schaffte es nicht, den Eltern in die Augen zu blicken. Nicht in Gegenwart ihrer verunglückten Tochter.

Die Mutter verbarg ihr Gesicht hinter einem schwarzen Schleier, damit man ihre Tränen nicht sah. Dass sie weinte, merkte man nur an dem leichten Zucken ihrer Schultern. Ob beide wie Stan gehörlos waren – oder vielleicht nur einer der beiden –, konnte ich nicht beurteilen, es spielte keine Rolle.

Sie hielten sich an den Händen und richteten ihren Blick stumm nach vorne, um alles andere um sich herum auszublenden. Trotz aller Trauer und Betroffenheit war das ein fast schönes Bild.

✳

Meine Mutter war auch gekommen. Sie saß weiter hinten neben dem Eingang, sodass ich sie nur aus der Entfernung sah. Fast hätte ich sie gar nicht bemerkt. Sie hatte meine Sonnenbrille an, die ich vor wenigen Tagen noch in der Schule getragen hatte, und nickte mir kurz zu.

Das war mehr, als ich erwarten durfte.

Ich selbst setzte mich in die zweite Reihe, hinter Stan. Als ich in die Trauerhalle kam, bot er mir den Platz direkt neben sich an, doch das wollte ich nicht. Es wäre mir unangenehm gewesen; es hätte mich vertrauter erscheinen lassen, als ich es war.

So weit war ich noch nicht.

Die Trauerfeier begann mit klassischer Musik, allerdings nicht mit Brahms oder Mozart, sondern mit *Cantus in Memoriam Benjamin Britten*. Sicherlich war das Zufall, aber es war wunderschön. In jedem Ton, in jeder sich überlappenden, immer wiederkehrenden Welle war die Sehnsucht spürbar, das festzuhalten, was sich längst losgesagt hatte und nie mehr einzufangen war. Ich hätte mir nichts mehr gewünscht, als dass Stan diese Musik auch hätte hören können.

✳

KuLa: Ganz nett, auf Dauer aber ein wenig eintönig, oder?
Arvo Pärt: Es reicht, wenn man eine einzige Note schön spielt.

✳

Nachdem der letzte Glockenschlag verklungen war, entstand eine feierliche Stille, ohne dass jemand meinte tuscheln, hüsteln oder sich räuspern zu müssen. Dann begann der Priester mit einem Gebet und ein paar andächtigen Worten, die vor allem an Stans Eltern und ihn gerichtet waren. Ich konnte nicht wirklich zuhören. Meine Aufmerksamkeit galt ganz dem Mann, der unmittelbar neben dem Priester stand und in Gebärdensprache das übersetzte, was der Geistliche zu sagen hatte. Er war ziemlich hager, hatte ein schmales Gesicht und ein markantes Kinn. Ein wenig ähnelte er Stan Laurel. Auch wenn der Priester selbst nichts von Olli Hardy hatte, so stellte ich mir vor, wie Dick und Doof dort vorne stehen würden, um ein paar letzte Worte zu sagen. Natürlich war das albern und nicht gerade angemessen. Allerdings war ich nicht die Einzige, die diese Assoziation zu haben schien.

João saß neben seiner Frau auf der anderen Seite des Gangs und zwinkerte mir zu, als er mich erblickte. Dann lupfte er zum Gruß seine fiktive Melone, und schon fühlte ich mich ein kleines bisschen besser. Ich weiß nicht, wo Geschmacklosigkeit anfängt oder aufhört. Ich glaube nur, dass Trauer und Komik manchmal ziemlich eng beieinanderliegen müssen, allein, um es dieser ganzen Larmoyanz nicht allzu leicht zu machen.

Der Sarg war etwas erhöht unter einem riesigen Kreuz aufgebahrt. An der Seite standen zwei gewaltige Kerzenständer mit weißen Kerzen. Es roch nach Kälte und Rauch, und vor dem Sarg lag ein halbes Dutzend Kränze. Einer davon war von der Schule, ein anderer von einem Sportverein – und dann noch einer eines Gehörlosenverbandes. Wahrscheinlich hatte sich Frida in den letzten Jahren dort engagiert; schließlich musste sie von klein auf gebärden, um mit ihrem Bruder kommunizieren zu können. Noch als ich mich fragte, wie viele gehörlose Freunde und Bekannte wohl anwesend waren, für die der Gebärdensprachdolmetscher vorne übersetzte, wandte sich Stan um und gab mir zu verstehen, dass ich jetzt an der Reihe sei.

In meinem Kopf drehte sich alles, dass mir schwindlig wurde.

Stan schenkte mir ein ernstes Lächeln, sofern es so etwas gibt.

Wie traurig er sein musste, konnte man nur erahnen. Nach außen ließ er kaum etwas erkennen. Er selbst trug ein dunkles Jackett und ein weißes Hemd, keine Krawatte, und er sah fast großartig aus, auch wenn es vielleicht nicht der richtige Moment war, das festzustellen.

Ich hatte ihm versprochen, ein paar Worte zu sagen, nun war es so weit.

Und irgendwie fühlte es sich richtig an.

Ich stand auf, ging langsam nach vorne und stellte mich dorthin, wo eben noch der Priester gestanden hatte.

✳

IfaS (Institut für angewandtes Schweigen): *Sie haben Ihr Schweigen tatsächlich gebrochen?*

Ich: Stan hatte mich darum gebeten.

IfaS: *Haben Sie nicht das Gefühl, dass jetzt alles umsonst gewesen war?*

Ich: Vielleicht schlimmer noch, ohne mein Schweigen wäre Frida nicht vom Turm gestürzt.

IfaS: *Das ist hypothetisch.*

Ich: Worte können verletzen, keine Worte allerdings auch. Offenbar sogar töten.

IfaS: *Das war ja nicht Ihre Intention.*

Ich: Waren Sie es nicht, die mich für schuldig erklärten?

IfaS: *Wir haben nur nachgefragt, alles Weitere vereinbaren Sie bitte mit Ihrem Gewissen.*

Ich: Ist das nicht Ihre Rolle?

IfaS: *Das obliegt ganz Ihrer Interpretation.*

✳

Ich blickte in zahlreiche mir unbekannte Gesichter. Verwandte, Bekannte der Familie, die mir natürlich fremd waren. Etwas weiter hinten sah ich diverse Lehrer und Schüler unserer Schule. In der vierten Reihe saß direkt am Gang Herr Dr. Melzer, unmittelbar dahinter Frau Kreuzer, Frau Dr. Kaltenbach, Herr Thoma und ein paar weitere Lehrer, die Frida unterrichtet hatten. Herr Sonntag stand neben dem Eingang in der Nähe meiner Mutter. Er trug einen Trauerflor an seiner Jacke und hielt eine Luftpumpe in der Hand. Wahrscheinlich hatte er wieder einen platten Reifen und war deshalb zu spät gekommen.

The tire remains flat. What does it say?

Ich wusste nicht, wie ich beginnen sollte.

Das heißt, ich wusste, was ich sagen wollte, ich wusste nur nicht wie. Ich hatte meine Stimme zu lange nicht gehört, und vor so vielen

Leuten über jemanden zu reden, den ich nur kurz kennenlernen durfte, machte mich nervös.

Ich brachte keinen Ton heraus.

Ich holte tief Luft und versuchte es erneut, aber es kam nichts. Kein Laut, keine Silbe, als hätte ich meine Zunge verschluckt. So geht es wahrscheinlich Menschen, die wochenlang im Hungerstreik waren und dann keinen Bissen runterkriegen oder alles erbrechen, wenn sie sich entscheiden, wieder zu essen. Kurz überlegte ich, nach einem Fluchtweg in Richtung meiner Bank zu suchen und mich wieder hinzusetzen. Ich würde mich später bei Stan entschuldigen, bei seiner ganzen Familie, nahm ich mir vor. Es tat mir leid, doch es ging nicht anders.

Ich merkte, wie in den hinteren Reihen einige Leute unruhig wurden. Sie flüsterten und raunten sich zu, was die Verrückte da vorne denn für eine Art von Problem oder Behinderung habe. Da erblickte ich Torben und Isabell. Sie hatten sich in die letzte Reihe gequetscht, um von niemandem gesehen zu werden. Es wunderte mich, dass sie überhaupt gekommen waren. Wie ich zuvor allerdings gehört hatte, konnte man ihnen in Bezug auf Frida keine Vorsätzlichkeit nachweisen, zumal sie ja die Rettungskräfte alarmiert hatten. Sie waren wohl mit einer Verwarnung davongekommen. Ob das gerecht war oder nicht, wollte ich in dem Augenblick nicht entscheiden. Das Einzige, was mich in diesem Moment beschäftigte, war meine Stimme, und ich wäre wirklich dankbar gewesen, wenn sich Isabell auf die Bank gestellt und laut durch den ganzen Raum geschrien hätte, dass ich zu blöd zum Sprechen sei. Blöder wie ein Stück Brot.

Vielleicht war ich wirklich zu blöd.

Ich war mir nicht mehr sicher.

※

Dr. Melzer: Spricht sie nun oder spricht sie nicht?
Dr. Baumann: Die bessere Sorte Mensch spricht nicht.
Spinne: Ihre Stimme zittert.
Goldfisch: Blub.

※

»Manche sagen, ich rede nicht viel.
Allein das ist ein Beleg dafür, dass einige Leute zu viel reden.
Dabei sind mir Worte oder Wörter nicht gleichgültig, im Gegenteil.

Worte oder Wörter.
Wer wie was warum –
wer nichts sagt, ist dumm.
Worte oder Wörter.
Fünfzehntausend täglich.
Jeder spricht und spricht
unerträglich viel; nur
hören – tun wir nicht. Wir
brabbeln, quasseln, quatschen,
klatschen, seihern, sabbeln,
schnacken, schnattern, schwätzen,
schwafeln, hetzen – jeder
gegen jeden. Reden,
um zu reden, bloß nicht
ruhig sein und verlegen
innehalten. Stille
ist uns schließlich peinlich.
Warum traf es Frida?
Höchstwahrscheinlich war es
Zufall, Schicksal, Pech, ein
Missgeschick. Womöglich

sogar Vorsatz, eine
Straftat, ein Vergehen?
Nichts und niemand macht es
ungeschehen. Nichts und
niemand gibt uns Antwort.
Worte oder Wörter.
Nichts als Lärm und Krach,
um uns zu betäuben,
taub zu machen, um uns
abzulenken. *Voices*
full of noises. Nur wer
schweigt – der kann gedenken.«

✳

Es war nicht gerade viel, was ich sagte, doch es war mehr als in den letzten Monaten zusammen. Ich hatte ganz langsam und bedacht gesprochen, erst mit einem leichten Zittern in der Stimme, dann fast ruhig, dass jede einzelne Silbe von den kahlen Wänden widerhallte. Dabei war es in der gesamten Halle so leise wie nach dem Stück Arvo Pärts zu Beginn der Trauerfeier. Jeder hörte mir zu, zumindest kam es mir so vor. Und auch danach war es für Sekunden still. Nicht einmal der Gebärdensprachdolmetscher neben mir traute sich ein- oder auszuatmen.

Stan lächelte mich an, selbst seine Eltern blickten zu mir auf, wie ich da vorne stand und über den Tod ihrer Tochter sprach. Es war keine Rede über Frida gewesen, so viel war mir auch bewusst. Es erschien mir aber nicht angebracht, über jemanden zu reden, den ich kaum kennenlernen konnte. Vielmehr war es mir wichtig, das zu betonen, was uns beide verbunden hatte. Ich glaube, dass Frida nicht gerade zur Geschwätzigkeit neigte, und es wäre mir bestimmt eine große Freude gewesen, mich stundenlang mit ihr anzuschweigen.

Natürlich ist das Quatsch.

Was ich allerdings dort oben neben Fridas Sarg sagte, war kein Quatsch, das konnte ich den Leuten vor mir ansehen, die mich anstarrten oder betreten zu Boden blickten. Dabei weiß ich nicht, was mehr Eindruck machte: Das, was ich von mir gab, oder dass ich überhaupt etwas von mir gab. Ich schaute in die Gesichter meiner Lehrer, in das Gesicht von Herrn Dr. Melzer, der die Stirn runzelte und überlegte, ob nicht ich diejenige war, über die sich seine ganzen Kollegen bei ihm beschwert hatten. Wahrscheinlich konnten sie es alle nicht verstehen, dass ich tatsächlich in der Lage war, einen Ton, ja sogar ganze Wörter und Sätze von mir zu geben. Frau Kreuzer und Frau Dr. Kaltenbach tauschten Blicke aus, vielleicht verdrehten sie auch die Augen. Ich habe keine Ahnung.

Herr Sonntag, so viel konnte ich erkennen, lächelte für einen Moment. Und meine Mutter hatte wenigstens die Sonnenbrille abgenommen.

Worte oder Wörter. Es fühlte sich gut an, das Schweigen zu brechen. Dass es dafür eines solchen Anlasses bedurfte, war natürlich nicht zu rechtfertigen. Was für mich aber befreiend war, war für andere eher beklemmend. Ich glaube nicht, dass die wenigen Worte, die ich eben formuliert hatte, als direkte Anklage zu verstehen waren. Trotzdem waren Torben und Isabell aufgestanden und nach draußen verschwunden, noch bevor ich mich wieder hinsetzen konnte. Sie hatten sich einfach an Herrn Sonntag und den anderen Menschen vorbeigeschoben, was wahrscheinlich nur mir aufgefallen war. Erst konnten sie mein Schweigen nicht aushalten, und anschließend nicht das, was ich zu sagen hatte.

Vier

Wer tot ist, wird Landschaft.

Mir gefällt der Gedanke, Teil von etwas Großem, Friedlichem zu werden.

Ob es durch Beerdigungen allerdings stiller wird auf diesem Planeten, kann ich schwer einschätzen. Es ist ja nicht so, dass man den Lärm unserer Zeit einfängt, ihn in eine Holzkiste oder Urne steckt und in der Erde vergräbt. Nach einem Moment des Innehaltens verfallen die meisten von uns in ihr altes Muster. Sie krakeelen und schwadronieren wie zuvor. Dennoch habe ich das Gefühl, dass sich nach der Beisetzung Fridas etwas grundsätzlich verändert hat, zumindest in meinem Umfeld. Es ist nicht der Geräuschpegel im Allgemeinen, eher der Krach der unendlich vielen Zwischentöne, der etwas moderater geworden ist. Irgendwie kommt es mir vor, als wichen diese Geräusche einer gewissen Art von Respekt und freundlichem Miteinander, ganz ähnlich dem Abend in Joãos Restaurant, als ich nach Stan gesucht hatte. Womit das zusammenhängt, kann ich nicht genau sagen.

Es reicht, wenn ein einziger Ton der richtige ist. Vielleicht lohnt es sich ja, diesem Gedanken weiter auf der Spur zu bleiben.

Stan

Ich muss mich bei
dir bedanken!

Mariella

Wofür?

Für das, was du
gesagt hast.
Es war in Fridas Sinn,
ganz bestimmt.

Wirst du jetzt wieder
sprechen, so wie alle anderen?

Auf keinen Fall.

Warum nicht?

Weil es jetzt nicht
mehr wichtig ist.

Für mich ist es wichtig.

Du würdest mich
nicht hören.

Ich kann von den
Lippen ablesen,
das meiste zumindest.

Das habe ich
befürchtet.

Heißt das ja?

Ich weiß es nicht.
Vielleicht.

Vielleicht was?

Vielleicht wäre das
ein Anfang.

Ich bin mir sicher, du
hast eine umwerfende Stimme.

Im Kreis der Gehörlosen gilt
sie als absolut zauberhaft!

Was ist das eigentlich
für eine Krankheit,
die du da hast?

Welche meinst du?

Diese Affefos…

Aphephosmophobie

Klingt kompliziert.

Kompliziert und kitschig.
Dazu noch chronisch,
unheilbar.

Was genau?

Das dringende Bedürfnis,
in den Arm genommen zu
werden.